KB110265

보통 사람들의 꿈
그리고 희망

보통 사람들의 꿈 그리고 희망

발행일 2021년 4월 6일

지은이 박윤수
펴낸이 손형국
펴낸곳 (주)북랩
편집인 선일영 편집 정두철, 윤성아, 배진용, 김현아
디자인 이현수, 한수희, 김민하, 김윤주, 허지혜 제작 박기성, 황동현, 구성우, 권태련
마케팅 김회란, 박진관
출판등록 2004. 12. 1(제2012-000051호)
주소 서울특별시 금천구 가산디지털 1로 168, 우림라이온스밸리 B동 B113~114호, C동 B101호
홈페이지 www.book.co.kr
전화번호 (02)2026-5777 팩스 (02)2026-5747

ISBN 979-11-6539-699-2 03810 (종이책) 979-11-6539-700-5 05810 (전자책)

보통 사람들의 꿈 그리고 희망

박윤수 지음

日日新 又日新

북랩 book Lab

프롤로그

꿈과 희망은 이루어진다. 누구든 자신의 위치에 맞는 실현 가능한 목표를 설정하고, 절박한 심정으로 열과 성을 다해 끊임없이 실천으로 옮긴다며 꿈과 희망은 반드시 성취할 수 있다. 이것은 사실이다.

비범하고 화려한 삶을 사는 사람들은 특별한 지적 능력·재능이나 기술을 가지고, 국가와 세계에 큰 업적을 일궈내서 국내외 역사에 이름을 남긴다. 이들은 작은 목표를 하나둘씩 성공으로 이끌어내면서도 자만하지 않고 더 높은 꿈 너머 꿈을 꾸며 빛나는 유산을 남기는 것이다. 그럼에도 불구하고 이들은 자신을 밖으로 드러내지 않고 겸손하고 성실한 행동을 몸소 실천해서 많은 사람들로부터 인간답게 살았다고 인정받는다. 즉 이들은 타의 모범적인 생활양식을 갖추고 누구에게나 다가오는 고통과 고뇌를 슬기롭게 잘 참고 이겨내면서 위기를 기회로 승화시킨다.

평범하고 소박한 삶 속에 즐겁고 행복한 길을 찾는 보통 사람들은 인내와 끈기를 가지고 묵묵히 행동으로 옮겨 다양한 꿈과 희망을 성취해 나간다. 이들이 일궈낸 크고 작은 업적과 혁신들이 모이고 모여 국내외 사회와 문화를 조금씩 점진적으로 성장 발전시키는 데 큰 버팀목이 되는 것이다. 이들은 자신의 꿈과 희망이 보잘것없는 작은 것일지라도 스스로 기(氣)를 죽이거나 주눅 들어 포기하지 않고, 끊임없이 실천해 나가면서 학력·직위·재력·건강 등 부족한 부분을 보완해 나간다. 그러면 이들의 꿈과 희망은 언젠가 반드시 이루어져 계층이동 사다리를 올라타고 있는 자신의 모습을 발견하게 된다.

우리가 현존하는 4차 산업혁명시대는 빛의 속도만큼 빠르게 무한경쟁 시대로 변하고 있다. 따라서 우리는 새로운 시대에 맞는 필요한 신지식과 지혜를 신속하게 습득하여, 소망(所望)하는 꿈과 희망을 위해 지속해서 도전하는 용기와 자신감을 잃지 말아야 한다. 독자 모두가 자신의 직업이 어떤 것이든 당당하고 떳떳하게 현실을 직시하고, 성실한 자세로 자신과 가족을 안전하고 평화롭게 유지하며, 삶과 일의 균형을 맞출 수 있는 취미생활을 즐기고, 맑고 푸른 자연을 마음껏 자유롭게 누리길 바란다.

式人 朴允洙

목차

프롤로그

Ⅰ. 평범하고 소박한 삶이란 무엇인가? 9

Ⅱ. 어떤 직업이 내 삶을 향상시켜 줄까? 55

Ⅲ. 결혼은 필요하다고 생각하는가? 95

Ⅳ. 한 지붕 밑에 누구와 함께 살 것인가? 111

Ⅴ. 어떤 취미로 삶의 균형을 맞출 것인가? 129

Ⅵ. 자연과 함께하는 즐겁고 행복한 삶이란? 157

에필로그

I

평범하고 소박한 삶이란 무엇인가?

누구든지 '나'라는 존재는 한 평생 무엇을 위해 살아갈 것인가? 어떻게 사는 것이 행복하고 즐거운 삶인가? 고민하며 자신이 습득한 삶의 지식과 지혜를 가지고 험난한 세상을 살아간다. 우리는 청년이 되고 중년을 거치면서 성숙하고 고상한 노인으로 살다가 평화롭고 아름다운 자연의 품으로 편안하게 돌아가는 꿈과 희망을 품고 사는 것이다. 전 세계 어느 곳이나 삶의 목표가 크든 작든 인생은 잠시 머물다 떠나가는 나그넷길을 벗어나기 어렵다. 즉 인간은 평생 진정한 참다운 삶이 무엇인지 정답을 찾고자 백방으로 노력하지만, 신이 아니기에 정답을 찾기란 그리 쉽지 않은 것이다. 그럼에도 불구하고 우리는 저마다 자신의 현재 위치와 수준을 조금 더 높여 잘살아 보자는 꿈과 희망을 가슴에 품고 수많은 고통과 고뇌를 이겨내기 위해 학문과 기술을 배우는 데 온갖 노력을 다한다. 대부분 보통 사람들은 자신만이 가지고 있는 본성과 순수하고 고유한 삶의 가치를 잃지 않기 위해 열과 성을 다해 열심히 사는 것이다.

누구는 권력에 야심이 있어 대통령, 국회의장, 대법원장이 되기 위해, 다른 사람은 큰 부자가 되어 세상에 나와 있는 문물을 자유롭게 활용할 수 있는 그룹 회장 또는 기업체 사장이 되기 위해, 또 다른 사람은 현재 맡은 직위를 한 단계 더 업그레이드시켜 기관장, 학장, 장군, 국장, 본부장 등이 되기 위해 제각각 노력한다. 이들이 추구하는 명칭은 각자 맡은 업무 또는 특성에 따라 사회적·행정적 위치가 다양하여 조금씩 달라진다. 하지만 우리가 밤낮으로 피와 땀을 흘리는 이유는 현 위치보다 좀 더 나은 환경을 만들어 삶의 질을 향상하기 위한 것이다. 이것을 인정하지 않는 사람은 없을 것이다.

그러나 우리가 생존해 있는 동안 자신들이 원하는 권력, 재물, 직위. 재능, 건강 등을 공평하게 돌아가며 모두 얻을 수 있을까? 그렇지 않을 것이다. 모두가 일등이 될 수 없다. 반드시 이등, 삼등, 꼴찌가 있어야 일등이 될 수 있는 것이다. 또한 같은 시대에 사는 사람들이 서로 경쟁해서 얻을 수 있는 자리는 한정되어 있으며, 자신이 원하는 자리를 얻기 위해 왕성하게 활동할 수 있는 기간도 길어봐야 전 생애 중 30년 내지 50년을 넘기기 어렵다. 결국 우리가 조직, 사회 또는 국가에서 아무리 노력해도 자신이 원하는 자리를 모두 골고루 돌아가며 공평하게 앉아 볼 수 있는 길은 거의 불가능하다는 것이다. 우리가 원하는 자리를 차지하기 위해서는 정정당당하게 경쟁자를 이기거나 경쟁자가 다른 곳으로 멀리 떨어져 나가야 한다. 이것이 인간의 한계이다.

우리는 인간의 한계를 인정하면서도 자신과 가족의 의식주, 자신의 욕구와 욕망을 충족시키기 위해 한시도 쉬지 않고 사회 곳곳에서 숨 막히는 쟁탈전을 벌인다. 대부분 사람들은 힘·기술과 지식·지혜로 무장해서 강자가 약자를, 부자가 가난한 자를, 고학력자가 저학력자를 통제하려고 한다. 즉, 이들은 자신에게 유리한 점을 이용하여 다른 사람들보다 먼저 권력·재물·건강·재능·자원 등을 선점하려고 온갖 전략을 다 꾀하는 것이다. 밀림의 왕자인 호랑이가 힘과 사냥능력을 키워 자신의 영역과 생존용 먹이를 확보하는 데 온 힘을 다하는 듯이 말이다. 다만 높은 직위나 많은 권력을 원하지 않거나 돈을 많이 벌어 부자가 되는 것에 큰 관심이 없는 사람들도 있다. 이런 사람들이 있기에 피라미드형 사회조직이 구성되고 각자 쟁탈전에서 얻은 자리와 직위에서 맡은 일에 집중할 수 있는 것이다. 만약 우리가 모두 인간의 존엄성과 도덕성을 무시하고 어떤 일을 자신만 할 수 있다고 고집하거나 무한경쟁만 끊임없이 추구하게 된다면 결국 싸움과 전쟁이 일어나 사회 또는 국가 전체가 붕괴한다.

우리가 생존해 있는 기간 내에 큰 업적과 이름을 국내외 역사에 남기기 위해 전력 질주하는 인물도 따지고 보면 그리 많지 않다. 이들 이외 대부분 보통 사람들은 좀 더 나은 삶을 통해 편안하고 행복한 생활을 즐기면서 자신이 원하는 것을 자유롭게 하고 싶은 원초적인 작은 꿈과 희망을 품고 산다. 이들은 높든 낮든, 많든 적든 관계없이 이 지구상에 존재하는 약 78억 인구 중 유일무이(唯一無二)한 존재로서 나름대로 스스로 정한 평범하고 소박한 삶의 목표를 향해 일일신 우일신(日日新 又日新)하며 열심히 살아가는 것이다. 이들은 과거를 교훈 삼아 잃은 것은 무엇인지, 얻은 것은 무엇인지, 현재 남은 것은 무엇인지를 수시로 생각하고 점검하며 살아간다. 그리고 어제와는 다른 새로운 오늘을 맞이하고, 밝고 찬란히 빛나는 내일을 향해 중간에 포기하지 않고 인내하며 지속해서 전진하는 것이다.

* 일일신 우일신 (전서, 국화) *

꿈과 희망에 대한 포부가 큰 청소년들은 가정에서 부모로부터, 학교에서 선생님으로부터, 사회에서 가까운 가족이나 이웃으로부터 공부 잘해야 좋은 명문대학교에 갈 수 있고 졸업한 이후에는 원하는 직업과 높은 직위를 얻어 크게 성공할 수 있다는 말을 수없이 듣고 자란다. 그래서 이들은 유년 시절부터 초등학교, 중학교, 고등학교 졸업할 때까지 선생님 또는 부모들의 열정적인 압력에 등 떠밀려 공부하느라 자유롭고 편하게 잘 뛰어놀지도 못한다. 대부분 학생들은 자신의 의지와는 관계없이 정규적인 의무교육을 당연히 받아야 하고, 의무교육 이외의 과외 학습, 영재 또는 우수 학원 등을 바쁘게 다니며 유명 대학진학을 꿈꾸며 사는 것이다. 그러나 가정형편이 어려운 학생은 과외 학습 또는 일반 학원뿐만 아니라 대학 입학의 꿈도 못 꿔보고 자란다. 이들은 고등학교를 졸업한 후 주경야독(晝耕夜讀)하며 자신의 평범하고 소박한 꿈과 희망을 하나둘씩 키워나가는 것이다.

공부란 자기 스스로 삶의 진로 방향과 목표를 설정해서 학문이나 기술을 배우고 익혀야 한다. 그래야 청소년들이 대학에 진학하거나 사회에 진출했을 때 성공할 확률도 높고 평생 즐겁고 행복한 삶을 자유롭게 누리며 살 수 있다. 만약 이들이 부모, 선생님 또는 타인의 압력에 의해 억지로 공부한다면 즐겁고 재미있다는 생각보다 괴롭고 힘들다는 생각에 좋은 성과를 기대하기 어려운 것이다.

자기 스스로 결정해서 공부하는 사람은 자신이 설정한 목표를 향해 밤낮으로 끼니를 거르고 주경야독하며 책을 봐도 즐겁고 행복해서 피곤하고 힘든지 모른다. 이들은 고등학교 또는 대학교를 졸업한 이후에도 자신이 원하는 직업을 구해 좋은 직장을 얻고, 영원한 배우자를 맞이하여 가족관계를 행복하게 이끌어갈 수 있다. 즉 삶을 스스로 이끌어 가는 사람들은 진정한 참다운 삶의 가치를 깨우치며 자연과 함께 자유롭고 평화롭게 생활할 가능성이 훨씬 높아지는 것이다. 이들이 삶을 대하는 마음가짐은 능동적이고 적극적이며 자신의 가슴속에서 우러나는 깊은 애정을 갖고 살아간다. 이들은 청년 시절부터 내가 왜 학교에 가서 공부를 열심히 해야 하는지? 공부를 잘하면 무엇이 달라지는지? 사회에 나가면 무엇을 할 것인지? 어떻게 살아야 가정이 화목하고 행복하게 되는지? 등을 시의적절하게 질문하고 답을 찾는 행위를 끊임없이 실천한다. 이들은 살기 위해 먹을 것인가, 먹기 위해 살 것인가 하는 철학적 문제부터 아주 사소한 일들까지 평상시 스스로 의사를 결정하고 행동하는 습관을 생활화하는 것이다. 예를 들면 대학 갈까 취업할까, 결혼할까 독신으로 살까, 아이를 낳을까 말까, 봉급생활자로 있을 것인가 개인 사업을 할 것인가, 큰 수술을 할 것인가 자연 치유를 할 것인가 등의 사회적 성패 또는 개인적인 생사에 관련된 힘들고 복잡한 일들을 자신이 수시로 결정해 나가는 것이다. 자신의 삶을 스스로 책임지는 사람들은 자신 앞에 놓인 문제들에 대해 주변 상황과 자신의 위치를 면밀히 분석하고 판단해 나가는 능력과 지혜를 평상시 키워나간다. 이들은 자신의 존재가치와 삶의 의미를 명확히 알기 위해 열과 성을 다해 배우고 행동하며, 자신보다 못한 약자와 패자의 눈물과 슬픔도 알아 가도록 노력하는 것이다.

반면에 수동적이고 소극적인 삶을 살아가는 사람들은 자신이 어디로 가는지, 왜 사는지 정확히 모른 체 그저 흘러가는 대로, 되는 대로 외면에 드러난 모습에만 치중하게 되는 경우가 많다. 그래서 이들은 남에게 잘 보이기 위해 남이 요구하는 대로 이끌려 다니기 쉬운 것이다. 이들은 자신이 원하는 일을 못 하게 되면 인생 전체를 실패한 것처럼 자포자기한 행동을 취하기 쉽고 재도전하기도 꺼린다.

모든 인간은 자연계의 대부분 다른 동·식물과 같이 언젠가는 자연으로 돌아간다. 그렇지만 우리가 동·식물과는 확연히 다른 것은 옳고 그름을, 선한 것과 악한 것을 생각하고 판단하는 합리적 이성을 갖췄기 때문에 어떻게 사는 것이 올바르고 참다운 삶인지 평생 고민하고, 자신의 정체성을 찾으려고 열심히 제각기 다양한 삶을 이끌어가는 것이다.

대 저택에서 편안한 흔들의자에 앉아 독서하고, 음악을 들으며 평화롭게 살길 원한다. 이들은 잔디정원에서 드넓은 바다, 호수, 강, 산, 초원을 내려다보거나 수영장에서 놀고 있는 자녀들을 바라보며 잔잔한 미소를 지으며 편안하고 행복하게 살길 원하는 것이다.

진리와 역사 탐구를 위해 수많은 고서를 분석하여 현재까지 나온 지식과 접목시켜 미래를 위한 새로운 지식과 학문을 창조해 나가는 학자의 길을 선택해 과학자, 철학자, 사상가, 문학가 등으로 세상에 이름을 널리 알려 명예를 얻으며 살길 원한다.

자연의 아름다운 색깔과 소리를 찾아 그림으로, 악기로, 목소리로 자신이 현존하는 시대에 유명 작품을 남기는 이름난 화가 또는 음악가로 살기도 한다.

하느님, 부처님 등의 정신적 믿음을 주는 신을 찾아 헌신하고 봉사하며 신의 목소리를 일반 대중에게 전파하고, 사랑과 자비를 나누고, 실천하는 목사, 신부, 스님 등으로 신앙생활에 매진하길 원한다.

자신이 타고난 재능과 특기를 세계에서, 국가에서, 기관에서 정치인, 변호사, 의사, 공무원, 교사, 군인·경찰, 연예·체육인, 기술자 등 각 분야에서 최정상이 되거나 더 높은 지위와 명예를 획득하길 원한다.

이것도 아니고 저것도 아니면 깊은 산이나 인적이 드문 곳을 찾아 자연인이 되거나 도시의 한적한 곳이나 공원, 지하철역 주변에서 자유롭게 생활하며 하루하루를 당당하고 떳떳하게 살아가는 것이다.

이들 모두 자신만이 가지고 있는 생활방식에 따라 이래도 한 세상 저래도 한 세상 하며 그들 나름대로 인생의 맛을 느끼며 살아간다. 결국 인간은 제각기 삶의 의미를 어떻게 생각하든 삶을 중간에 포기하지 않고 천명을 다하며 마음의 평화를 누리는 것이다. 그들만의 살아갈 만한 가치와 의미, 정체성을 잃지 않고 유유상종하며 자연과 함께 공존공생 하는 것이다.

인간의 의지와 욕구는 개개인 모두 다르고 추구하는 목표 역시 무궁무진하다. 인류가 존재하는 한 우리 사회는 현재보다 더 나은 삶의 질을 향상시키기 위해 잠시도 지체하지 않고 지속 가능한 신제품, 신기술, 새로운 시스템을 개발해 나가며 이에 적응하려고 노력해 왔다. 우리는 이것들을 평화롭고 안전하게 활용하는 방법을 모방하고 탐구하며 자신의 개성과 특성에 맞는 즐겁고 행복한 삶을 찾아 나서는 것이다. 즉, 인간은 오래전부터 무한한 지속성장 가능성에 대한 창의적인 생각을 갖고 인류 발전을 위해 지속해서 산업혁명을 일으키며 삶의 질을 향상시켜 왔다.

최초 1차 산업혁명은 1784년 영국에서 증기기관 발견과 기계화로 시작되었다. 2차 산업혁명은 1865년부터 시작되어 1870년 전기가 발명되고, 화학, 석유 및 철강 분야에서 기술혁신이 일어나 대량생산체제로 바뀌면서 인류의 삶을 향상시켜 왔다. 이어서 1969년 인터넷으로 정보화와 자동화 생산시스템을 주도한 3차 산업혁명이 일어나 전 세계가 일상생활권으로 들어와 기존의 생활 패러다임이 급속하게 변했다. 21세기 최근에 나타난 4차 산업혁명은 2016년 다보스 포럼(Davos Forum)에서 독일 클라우스 슈밥(Klaus Schwab)이 실제와 가상을 통합하여 사물을 자동적·지능적으로 제어하는 로봇기술과 인공지능 (AI) 등을 처음 언급하면서 시작하였다. 차세대 4차 산업혁명으로 최근에는 창조적인 새로운 아이디어가 개발되어 정보통신기술(ICT)의 융합으로 이루어지는 인공지능, 사물인터넷(IoT), 로봇, 드론, 자율주행차, 가상현실(VR), 바이오 테크(Bio-Tech) 등이 혁신적으로 발전해 현재 우리의 삶을 더욱더 편안하고 풍부한 삶을 즐길 수 있게 만들어주고 있다.

모든 분야가 차세대 산업혁명으로 숨 막힐 정도로 빠르게 변하고 융·복합기술로 거미줄처럼 얽혀 기술발전을 가속화 시켜 새로운 일자리를 창출하고 있다. 그래서 우리는 매일 급속히 변하는 긴박한 긴장감 속에 새로 나오는 신지식과 정보를 머릿속에 입력하느라 한시도 쉴 틈이 없다. 현재는 인간의 한계를 뛰어넘는 알파고 같은 바둑, 골프 프로그램들이 나타나고 있고, 앞으로 이보다 더 정밀한 인공지능 클라우드 서비스 프로그램 등장으로 인간은 로봇에게 지배당할 수 있다는 가정도 배제할 수 없다. 반면에 인간이 해 오던 힘들고 어렵고 더러운 일들은 최신 로봇들이 대신해줘 일상생활이 편해지는 측면도 있다.

보통 사람들은 너나없이 평범하고 소박한 꿈과 희망을 성취하기 위해 앞만 보고 달려가고 있다. 이들은 타인과의 갈등, 기쁨과 노여움, 슬픔과 즐거움을 겪으며 살다가 어느 시점엔가 모두가 하나로 통합 흡수되는 것이다. 그럼에도 불구하고 이들은 생존해 있는 동안 누군가에게 높임을 받고 싶고 주변 사람들로부터 주목과 인정받으려는 욕망과 욕구를 가지고 있다. 매슬로우(A.H. Maslow)의 욕구단계이론에 의하면 이런 욕구와 욕망은 생리적·안전의 욕구를 채우고 나면 소속과 애정·존경 욕구를 갈망하게 되고, 종국에는 자아실현 욕구로 발전해 나간다는 것이다. 그러나 모든 인간은 어떤 목표를 세우고 꿈과 희망에 대한 자아를 실현시켜 나가더라도 개인 이상에 너무 치우치지 않고 사회 공동체가 추구하는 이상의 가치도 생각하면서 추진해 나가야 한다. 즉 자아실현은 타인에게 피해와 불편, 부담을 주지 않는 범위 내에서 자유롭게 행동하면서 자신의 욕구를 충족시켜야 한다. 그래야 우리가 스스로 결정하고 행동으로 옮긴 것들에 대한 책임감과 기쁨을 느끼면서 주변 사람들 의견에 휘말리지 않고 적극적으로 추진해 나갈 수 있다. 이것이 우리 가슴속 깊은 곳에서 우러나는 마음에 물어보고 도덕, 양심과 일반상식 범위를 벗어나지 않게 중도의 길을 걸어가고 있다면 자신의 삶은 현실에 맞춰 잘 대처하며 행동하고 있는 것이다. 우리는 옳고 그름에, 좋고 나쁨에, 많고 적음에, 크고 작음에 어느 한쪽으로 편중되어 지나치거나 모자라지 않게 사리 판단해 실천하는 중용의 지혜를 제때 배워 기쁜 것이다. 그러면 먼 곳에서 뜻을 같이하는 지인이 찾아와 즐거워지므로 주변 사람들이 나를 인정해 주지 않는다고 원망하지 않게 되는 것이다.

* 학이시습지 불역열호 유붕자원방래 불역락호
인부지이불온 불역군자호 (예서, 대나무) *

우리가 태어난 국가, 지역, 부모의 생활 및 의식수준, 주변 환경조건 등은 자아를 실현시켜나가는 과정에 많은 영향을 미친다. 따라서 나는 누구인지? 주변 여건은 어떠한지? 현 위치를 면밀히 분석해 자신의 수준에 걸맞은 실현 가능한 삶의 목표를 명확히 설정하는 것이 중요하다.

목표를 성취하기 위해서는 지금 당장 무엇을 최우선으로 실천해야 하는지 고민해 보는 것이다. 건강 유지가 필요한 것인지, 공부에 집중할 것인지 또는 현재 생활수준 향상에 필요한 재원을 우선 확보해야 하는 것인지에 대한 우선순위는 스스로 파악하여 결정해야 한다. 어느 것을 먼저 정하더라도 문제없다. 건강하면 부족한 공부와 재원 마련에 매진할 수 있고, 공부를 잘하면 부족한 재원과 건강관리에 신경을 쓸 수 있고, 재원이 풍부하면 공부와 건강관리를 위해 많은 시간을 할애할 수 있기 때문이다. 우선순위가 결정되면 목표 성취에 필요한 도구, 일자리를 찾아 정해진 기간 내에 주변에서 일어나는 문제와 고통을 스스로 이겨내겠다는 굳건한 마음가짐을 가져야 한다. 삶의 과정에 부닥치는 문제와 고통은 어느 누구든지 꿈과 희망을 성취해 나가는 과정에 반드시 겪어내야 하는 장벽이다. 그러므로 우리는 이 장벽을 긍정적이고 낙천적인 마음으로 받아들이는 자세를 갖추는 것이 매우 중요하다.

자신의 꿈과 희망에 대한 목표를 올바른 방향으로 설정하고자 할 때는 부모 또는 가까운 지인들의 조언을 듣고 옛 성인들의 고언이나 성공한 사람들의 자서전을 참고하여 스스로 최종 결정 내리는 것이다. 자신의 삶을 이끌어 가는 것은 부모도, 가까운 지인도 아닌 바로 나 자신이다. 우리는 절대 남이 내 삶을 대신 살아주지 않는다는 것을 명심해야 한다. 책이 모든 일을 해결해 주는 것은 아니겠지만 일상생활에 필요한 양식과 정책, 과학기술, 새로운 제품 및 시스템 등을 개발하는 데 필요한 지식과 지혜를 얻는 데 매우 중요한 역할을 한다. 자신의 삶을 올바른 길로 인도해 주는 것 역시 분명히 책 속에 숨어있다. 권력과 재물이 풍부하여 좋은 인적 네트워크를 갖춘 사람들은 책 속에 있는 지식을 두루 갖춘 분야별 전문가 도움을 받을 수 있다. 그렇지만 주변 여건이 열악한 보통 사람들은 권력이나 재물로 전문가 도움을 받을 수 없으므로 주변에 관련된 책들을 무료로 활용할 수 있는 장소를 물색해뒀다가 수시로 필요한 학문, 지식, 지혜, 기술을 습득하는 데 노력해야 한다.

보통 사람들의 꿈과 희망은 너무 현실과 동떨어진 이상적이거나 허황된 것이어서는 안 된다. 자신이 습득한 지식과 기술의 범위를 벗어난 꿈과 희망은 가정의 안녕과 번영, 자아를 실현시키면서 직장에서 요구하는 미션을 동시에 완성시켜 나가기는 정말 어렵다. 직장이란 차갑고 냉철한 조직이고, 개인의 행복보다 조직 구성원의 공동 이익이 우선 선행되어야 하기 때문에 더욱 그렇다. 만약에 우리가 직장의 미션과 자신의 원대한 꿈과 희망을 한꺼번에 성취해 나가기를 진정 원한다면 절실한 심정으로 밤낮없이 남들보다 뜨거운 열정과 성의를 가지고 양쪽으로 골고루 온 정력을 다 바쳐야 그나마 가능한 것이다.

사회에 첫발을 내딛는 초년생들은 직장과 학교생활과의 차이점을 초기엔 실감하지 못한다. 이들이 직장 생활에 익숙해지면서 업무에 대한 압박감과 몰려드는 업무량으로 눈코 뜰 새 없이 피부에 와 닿는 순간부터 자연스럽게 깨닫게 되는 것이다. 우리가 어떤 조직 내에서 자신이 노력한 만큼 직위도 상승시키고 연봉도 많이 받으면 좋겠지만 현실은 매우 다르게 전개된다. 왜냐하면 중간에 일어나는 실수 또는 계획실패로 인해 아무리 노력해도 승진도 안 되고 연봉도 생각만큼 올라가지 않아 자신이 원하는 시기에 삶의 목표를 달성해 나가지 못할 때가 많이 생기기 때문이다. 그렇다고 혈기 왕성한 청년이나 실무에 능숙한 중년에 자신의 꿈과 희망을 중간에 포기해 버리면 수많은 시간을 허송세월로 보낸 꼴이 되므로 절대 포기하면 안 된다.

삶의 과정에는 반드시 성공만 있는 것이 아니므로 추진하는 과정에 부닥치는 실패와 실수도 삶을 배워가는 지혜로 승화시켜 나가야 한다. 꿈과 희망을 품은 보통 사람들은 중간에 생긴 실패와 실수에 대한 원인을 분석하는 과정에서 나타난 결점을 하나씩 보완하여 차후에 똑같은 잘못을 반복하지 않도록 노력하는 것이다. 이들은 이런 과정을 수없이 거치면서 삶의 가치와 의미를 되새기고 난관을 극복해야 더 높은 단계로 도약할 수 있다. 즉 보통 사람들은 쉼 없이 살아가야 할 동기를 계속 부여하며 살아가는 것이다. 그러면 이런 과정들이 삶의 최종 목표를 달성하는데 중요한 밑거름이 되기 때문에 작은 성공이나 다름없다. 작은 성공들이 모이고 모이면 최초 계획한 자신의 삶에 대한 목표, 꿈과 희망은 반드시 이루어지는 것이다.

유명한 발명가 토마스 에디슨은 전구를 발명하기까지 무려

6,000번 실험하는 가운데 실패를 거듭하면서 완벽한 전구를 발명해 냈다. 수많은 실패 과정은 수천 가지의 새로운 전구를 발견해 낸 것으로 생각하면서 그는 "인생에서 실패한 사람 중 다수는 성공을 목전에 두고도 모른 채 포기한 사람이다."라고 말한 것이다. 따라서 우리가 나이가 많아지거나 건강상 이유로 더 이상 높은 목표를 추진하는 것이 정신적·육체적으로 무리라고 생각이 들어 많은 것을 내려놓고 편안하고 한가로운 삶을 보내야겠다고 스스로 결심하기 전까지는 자신의 꿈과 희망을 중간에 포기하지 말고 끝까지 용기를 갖고 도전을 거듭해 나가는 것이 바람직한 생활태도인 것이다.

목표는 자신의 재능과 특성에 어울리고 좋아하는 과제를 선택하여 실천계획을 세우고, 목표치는 계량화하거나 수치로 명확히 표시해 추진 내용을 점검해 나가는 것이 편리하다. 너무 추상적이거나 이상적인 측정 불가능한 목표치는 많은 시간을 꿈속에서 헤매는 것과 같이 흐리멍덩해져 아예 계획하지 않은 것보다 못해지는 경우가 많기 때문이다. 또한 이것에 대한 3년 이상 중·장기계획과 주·월간 단기 세부실천계획은 면밀히 마련하는 것도 중요하지만 이것을 지속해서 실천해 나가는 것이 더욱

더 중요하다. 꿈과 희망을 품은 모든 사람은 중간에 성취한 작은 성공이나 실패, 실수에 연연하거나 자만하지 말고, 또는 좌절하거나 포기하지 말고 더 높은 꿈을 향해 자신의 길을 뚜벅뚜벅 걸어가는 것이다. 실천하는 과정에 일어나는 실패 또는 실수는 남 탓으로 돌리지 말고 내 탓으로 돌리고, 이것을 무난히 감내해 낼 수 있는 목표치를 설정하는 것이 중요하다. 그래야 우리는 평범하고 소박한 꿈을 중간에 포기하지 않게 되고, 자신에게 스스로 용기를 북돋고 동기를 계속 부여하며 재도전할 수 있는 것이다.

청년 시절에 설정한 목표는 중년이 지나 노년이 되는 시점에서 돌이킬 수 없는 중요한 자산이 되고, 동시에 삶의 버팀목이 된다. 이것은 에너지가 고갈된 노후의 삶을 편안하고 한가롭게 보낼 수 있는 좋은 여건을 만들어 주기 때문이다. 그러므로 우리는 하루에 수십 번 스스로 설정한 삶의 목표를 되새기며 타인의 목표와 비교해 미약하고 보잘것없다고 절대 주눅 들거나 포기하지 말아야 한다. 누구든지 자신감과 자긍심, 용기를 갖고 일일신 우일신 하며 떳떳하고 당당하게 삶을 이끌어 나가는 것이다. 그리고 작은 성공에도 스스로 칭찬해 주고, 선물로 여행을 하거나 휴식을 취하는 것이 좋다. 아니면 맛있는 음식을 먹거나 평시 갖고 싶었던 옷과 물건을 사는 것도 한 방법이다.

자신이 계획한 목표가 크고 높다고 좋은 것이 아니라 그중 한 가지라도 중간에 포기하지 않고 끝까지 완성하겠다는 정신자세를 갖추는 것이 좋다. 이와 관련된 필요한 지식은 틈나는 대로 다양한 분야의 책을 수시로 골고루 보고, 목표 성취에 사용할 재원은 자신의 적성에 맞는 직업을 잘 선택하여 조금씩 비축해 두어야 한다. 동시에 매일 마주치는 사람과 희노애락(喜怒哀樂)을 같이 나눌 수 있도록 인적 네트워크를 원만히 유지하는 것 역시 중요하다. 더불어 중간에 삶을 되돌아보고 지치고 힘든 삶을 재충전할 수 있는 휴식시간을 만드는 지혜도 필요하다.

우리는 자신이 노력한 만큼 성장할 수 있다는 확신감과 무한 경쟁 속에서 이길 수 있다는 자신감을 가져야 한다. 그리고 삶 속에 찾아오는 기회는 놓치지 않도록 순간 판단력을 키우면서 일생 동안 서너 번 성장해가고 있는 자신의 모습을 수시로 상상해 보는 습관을 일상화시켜 나가는 것이다. 즉 자신의 목표가 달성될 때까지 매일 밥 먹듯 습관적으로 소박한 꿈과 희망을 성취해 나가고 있는 당당한 모습을 상상하고 상상하는 것이다. 그러면서 희망찬 밝은 내일을 바라보는 것이 바람직한 보통 사람들의 생활양식이다.

고어 중에 백각이불여일행(百覺而不如一行)이란 말이 있다. 백번 깨우치는 것보다 한번 행하는 것이 낫다는 것이다. 우리가 올바른 지식 한 가지라도 직장이나 일상생활 속에서 인내와 끈기를 가지고 꾸준히 실천으로 옮겨 자신의 몸에 맞게 습관화시켜 나간다면 가정, 사회, 국가 또는 세계에 큰 영향력을 미칠 수 있는 것이다. 작은 올바른 지식 한 가지라도 중도를 지키며 말과 행동을 하면서 책임과 의무를 다하는 것이 인간의 도리이다. 말만 많이 하고 행동으로 옮기지 않으며 타인으로부터 신뢰를 받을 수 없고 이것이 누적되어 쌓이면 사회로부터 고립된다.

학교 또는 직장, 사회에서 지식과 지혜를 넓혀가는 이유는 무엇일까? 그 이유는 좀 더 윤택하고 즐겁게 보내며 행복한 삶을 누리기 위해서이다. 그러면 우리는 지금 무엇을 배워 일상생활에 적극 활용할 것인가? 하는 질문을 자신에게 수시로 하면서 끊임없이 올바르고 새로운 지식과 지혜를 찾아 나가는 것이다.

그러나 일상생활에 도움이 되지 않거나 활용하지 않는 지식은 머릿속에 차곡차곡 채워 놓지 말고 빨리 잃어버리는 것이 좋다. 머릿속에 수북이 쌓인 쓸모없는 지식과 지혜는 마음과 정신을 복잡하고 혼란스럽게 만든다. 우리가 열심히 노력해 얻은 다양한 지식, 명칭과 직위들도 어떤 경우에는 자신의 내면 또는 영혼 속에 존재하는 평화롭고 자유로운 삶에 대한 의지와 욕구, 존재가치, 정체성과는 매우 다르게 나타날 수 있다는 것을 인식해야 한다. 왜냐하면 자신도 모르게 겉으로 나타나는 크고 작은 명예, 지식, 지위, 재물, 건강, 재능 등 모든 것들이 타인에게 보여주는 과시용이고 전시용인 부속품으로 보이게 말을 하거나 행동하는 경우가 있기 때문이다. 그럼에도 불구하고 이것들은 나름대로 자신의 사회적 위상과 위치를 상징적으로 나타내주는 특별한 의미가 있기 때문에 결코 무시할 수 없다. 그래서 우리는 이것들을 얻기 위해 열과 성을 다해 백방으로 열심히 노력하는 것이다.

우리가 존재하고 있는 21세기는 다람쥐 쳇바퀴 돌 듯 숨 가쁘게 움직이고 있는 것이다. 진정 내게 맞는 올바르고 참다운 삶, 재미있고 행복한 삶은 어떤 것인지? 한가하게 생각할 시간이 없는 것이다. 그러나 우리는 눈코 뜰 새 없이 바쁠수록 인적이 드문 한적한 곳이나 타인의 구속을 전혀 받지 않는 곳에서 초심대로, 자연의 본성대로 정체성을 잃지 않고 올바른 길로 잘 가고 있는지 중간점검해 볼 필요가 있다. 자신이 진정 원하는 것이 최고 관리자 또는 경영자, 많은 권력이나 재물, 높은 직위, 건강과 행복 중 어느 것인지 다시 한번 살펴보는 것이다. 잠시 동안 되돌아봐도 현재 자신의 삶이 별안간 큰 변화가 생기거나 명확한 정답을 찾을 수 있는 것은 아니다. 대부분 보통 사람들은 어느 하나를 선택해 삶의 현장으로 다시 돌아와 혹독한 현실과 마주쳐야 하기 때문이다.

중간점검에서는 현실 속에 노출되어 있는 자신의 모습이 외적인 면에 너무 치중하여 타인에게 과시용이나 전시용으로 전락하고 있는 것이 아닌지 가슴 속 깊은 곳에서 우러나는 자신의 마음, 내면의 세계를 자세히 들여다봐야 한다. 보통 사람들은 타인에게 보여주기 위해 외적인 면에 너무 치우치거나 현실세계에 깊이 빠져 이들 속에서 헤어나지 못해 자신의 삶, 그 자체의 진실한 가치와 정체성을 잃고 살아가는 경우가 많다. 따라서 이들은 일상생활 속에 고립된 진부하고 고루한 생활에 익숙해지거나 고착되지 않도록 닫힌 좁은 현실의 틀에서 열린 넓은 공간으로 하루빨리 벗어나야 한다.

우리는 자신이 설정한 목표보다 더 낮은 위치에서 끝나더라도 자신의 정체성과 존재가치는 절대 잃어버리지 않겠다는 것을 삶의 중간에 다시 한번 마음을 다지는 것이다. 평범하고 소박한 삶을 추구하는 보통 사람들은 무한경쟁 속에서 이리 뛰고 저리 뛰면서 일등을 하기 위해 전력 질주하여 자신의 본질과 특성, 정체성, 건강을 잃어버리는 것보다 2등, 3등, … 꼴찌를 하면서 자유와 평화를 누리는 참다운 삶의 본질과 특성, 건강한 마음과 육체 등을 유지하며 천명을 누리는 것이 훨씬 낫기 때문이다. 그래서 어떤 이들은 속세에서 일어나는 일에 관심을 확실히 끊고, 얽히고설킨 속세를 벗어나 자연의 순환이치에 따라 자연생태계가 주는 양식으로 생명을 유지하고, 속박됨 없이 마음 편하게 지내며 유유자적(悠悠自適)하는 자연인으로 살기도 하는 것이다.

인간은 동·식물과 달리 자신의 욕망과 욕구를 채울 수 있는 무한한 가능성이 있다는 자부심과 자신감을 갖고 생활한다. 그래서 누구든지 한 시대에 살면서 일자리와 인원은 한정되어 있다는 것, 현실보다 높은 자리로 올라갈수록 차지할 수 있는 자리가 점점 줄어든다는 것을 잘 알면서도 무한경쟁 속에 뛰어들어 열과 성을 다하는 것이다. 결국 최정상 자리는 오직 한 자리뿐이므로 하늘에서 별 따는 것만큼 어렵다. 그럼에도 불구하고 우리는 몇 천만 분의 일에서 몇 만 분의 일도 안 되는 자리를 위해, 자아실현을 위해 명문대학을 들어가 인적 네트워크를 구성하고 필요한 스펙을 쌓아가는 것이다.

우리는 타인과의 무한경쟁 속에서 공정하고 정의롭게 살아남는 방법을 찾아야 인간답게 살았다고 인정받을 수 있는 것이다. 그러면서도 경쟁에서 뒤처진 사람들에게도 또 다른 삶이 있다는 것을 인정해 줄 수 있는 여유로운 마음가짐을 가지도록 노력하는 것이 올바르고 참다운 삶인 것이다. 경쟁할 때는 편법이 아니라 적법한 절차에 의해 정정당당하게 경쟁하고, 그 결과에 연연하지 않으며, 성공했든 실패했든 자유롭고 떳떳하게 행동할 수 있어야 한다. 경쟁기준은 권력이 있다고, 재물이 많다고 자신들에게 유리하거나 애매하게 만들어서는 안 된다. 가진 자와 이긴 자들은 한 시대에 한정된 좋은 직장과 직위를 차지하기 위해 밤잠을 덜 자고 먹을 것을 거르면서 밤낮으로 피땀 흘리며 노력하는 사람을 위해서라도 공정하게 평가할 수 있는 규칙을 만들어가도록 솔선수범해야 한다. 우리가 요구하는 공정성과 정의로운 사회는 모두가 정정당당하게 경쟁해서 자신이 원하는 목표를 달성할 수 있도록 서로 도와주는 것이다. 만약 우리가 공정한 절차와 기준을 무시하고 너나없이 자신만의 목표 달성을 위해 문물을 가리지 않고 과다 경쟁을 일삼게 된다면 이 사회는 약육강식의 동물 세계와 같이 단순한 생존경쟁의 한계를 벗어나지 못하게 되는 것이다. 즉 경쟁기준이 선의의 경쟁자들을 따돌리거나 의혹을 제기할 수 있게 만들어지면 공정하고 정의로운 사회는 물 건너가는 것이다.

불공정한 사회는 권력과 재물을 이용한 불법과 편법 행위가 난무해지고, 과잉 경쟁으로 인한 스트레스가 가중되어 평범하고 소박한 보통 사람들이 살아가기 나쁜 최악의 사회 분위기가 조성된다. 일부분은 자신이 원하는 자리를 차지하기 위해 달콤한 말로 남의 비위를 맞추거나 돈으로 매수한다. 심지어 학위 또는 자격증 등을 위조하기도 한다. 이들이 온갖 편법을 다 동원하지만 시간이 흐르면 결국 모든 일은 옳은 이치대로 되돌아

온다는 것을 망각하고 행동한다.

불법과 편법 현상은 국회의원, 지방자치단체장, 지방의원 등의 국가 지도자를 선출하는 과정에서, 민간기관의 단체장, 회장, 사장, 이사 등 임원 선출과정에서, 현재 위치보다 높은 자리를 차지하려는 승진인사 과정에서 일어난다. 이런 현상은 정정당당하게 살아가고 싶은 평범한 보통 사람 입장에서 보면 낯 뜨겁고 볼썽사나운 것이다. 이들은 갑자기 주변 사람들에게 말과 행동이 공손해지고 인사성도 좋아진다. 심한 경우 감언이설로 자신은 추켜세워 좋은 점만 로비하고, 경쟁상대자는 비방하고 나쁜 면만 들춰내 주변 사람들에게 헛소문과 가짜뉴스를 퍼뜨리는 일들을 밥 먹듯이 하는 것이다. 특히 불법과 편법 현상은 국가 선출직을 선거하는 계절이 오면 더욱 심해져 각종 유언비어, 공작 정치 등이 난무하게 된다.

국민들이 공정하고 청렴한 국가 지도자를 선출하는 과정도 이러하니 사회 조직원들이 기업체 총수와 회장, 사장, 단체장을 선출하는 과정에서는 오죽하겠는가? 이런 와중에서도 선출권한을 가진 선량한 유권자는 누가 올바르고 성실한지 옥석을 가려

내 그중 제일 정직하고 정의로운 사람을 잘 선택해야 나라와 기업, 조직을 지속해서 성장 발전시켜 나갈 수 있다. 정말 어려운 일이다. 공정하고 정의롭게 올바른 방향으로 처신한 사람은 선거가 끝나고 세월이 흐르면 주변 사람들로부터 신임과 존경을 받으며 명예를 얻어 역사에 이름을 남긴다. 반대로 불법과 편법을 저지른 사람은 주변 사람들로부터 손가락질 받으며 법의 심판을 받거나 외딴곳으로 추방된다.

우리는 하늘이 내려 준 큰 권력, 재물, 재능은 함께 생활하고 있는 주변 사람들에게 나눠주고, 자신이 부족한 부분은 도움 받으며 상부상조하는 것이다. 조건 없이 단순 상부상조하는 것은 원시시대에나 가능하다고 주장하는 사람들도 있을 것이다. 그 당시 사람들은 자연 속에 생존하는 법칙 이외의 다른 법이나 규칙이 없어 가능했다는 것이다. 이들은 지금과 같이 복잡하고 다양하게 얽히고설켜 있는 현실사회에서 골고루 나눠 사용하는 것은 힘들다고 주장할 수 있다. 그러나 우리가 하늘이 내려 준 큰 권력, 재물, 재능을 자신만의 영화를 위해 사용한다면 아무 소용이 없다는 것이다. 이것은 과거나 현재 또는 앞으로도 변하지 않는다. 왜냐하면 하늘이 내려 준 혜택을 즐길 수 있는 것은 주변에서 인정해주는 사람이 있어야 하고, 사용기간도 자신이 맑은 정신으로 왕성하게 활동할 수 있는 약 삼십 년 내지 오십 년 동안만 한정적으로 사용할 수 있기 때문이다. 인류의 문화와 문명발전은 자신에게 주어진 혜택을 유용하게 사용하고 나누어 가질 줄 아는 현인들의 헌신과 노력으로 지속해서 성장하면서 변해 왔다.

반면에 일부 몰지각한 사람들은 많은 권력이나 재물, 재능을 잘못 사용해 사회적 문제를 일으키기도 한다. 이들은 자신이 최고인 줄 알고 자신에게 주어진 혜택이 전체를 위한 것이 아닌 개인을 위해 주어진 것으로 착각한다. 이들은 이런 혜택을 영원히 간직할 것처럼 인권을 무시하고 입에 담지 못할 언행으로 상대방 마음에 상처를 주기도 한다. 더 나쁜 행동은 신체적인 고통과 기본적인 밥그릇까지 협박한다. 이들은 시간이 흐르면 주어진 혜택이 머지않아 한순간에 사라진다는 사실을 망각하고 산다. 결국 이들은 거친 말과 행동, 권력 남용으로 사회적 비판과 법정구속을 면하지 못하는 경우도 생기는 것이다.

우리가 태어난 곳이 어디든 자기 계발을 통해 사회 구성원으로 자신의 분수에 맞는 역할을 다하며 자신이 땀 흘려 성취한 지위에 만족하며 살아가는 것이다. 이것이 평범하고 소박한 삶을 추구하는 보통 사람들의 떳떳하고 당당한 삶이다. 청년과 중년 시기에는 자신이 설정한 꿈과 희망을 위해 열과 성을 다해 노력하고, 그 결과물에 만족하며 스스로 칭찬하고 나머지는 하늘의 뜻에 맡기는 것이다. 노년에 접어들면서는 자연의 이치에 따라 자신의 능력과 자질에 맞는 또 다른 새로운 삶을 찾아 지속해서 소일거리를 개발하면서 성숙하고 아름다운 가치 있는 삶으로 마무리하는 것이 올바른 마음가짐일 것이다. 누구나 타인보다 우위에 서서 일등을 하고 싶고, 높은 자리에 앉고 싶겠지만 모두 다 그렇게 할 수 없다는 것을 빨리 인정하고, 자신이 원하는 자리보다 낮은 자리에서 끝난다 할지라도 결코 위축되거나 실망스럽게 낙심할 필요가 없다. 그 자체가 유일무이한 자신만의 고유한 삶이기 때문이다.

그러므로 우리는 최고 정상 자리의 권력·재물·지위 등을 획득하는데 너무 눈이 멀어 공정하고 정의로운 과정을 무시한 과당경쟁을 일삼지 말아야 한다. 우리는 자신의 철학과 사상에 의해 정정당당하게 다양한 직종의 최고 권위자가 되기 위해 실물경제에 직접 뛰어들어 노력한 결과로 얻은 자신의 현 위치에 만족하며 사는 것이다. 보통 사람들은 어느 시대이건 전체 구성원의 99% 이상 차지하고 있다. 이들은 자연과 함께 공존공영하며 하늘이 내려준 천명대로 주어진 재능과 능력을 마음껏 발휘하며 살아가는 것이다. 즉 이들은 자신의 본성과 특성을 그대로 밖으로 들어내고 주변 환경과 조화를 이루며 올바르고 참다운 삶을 평생 찾아가는 아름다운 모습을 보여준다.

우리가 높은 꿈과 희망을 품고 열심히 살아 많은 것을 스스로 성취해 왔다손 치더라도 주변 사람들에게 나눠 갖지 않는다면 성공에 대한 기대와 효과는 별로 크지 않을 것이다. 모든 사람들이 나 홀로 만족한다면 얽히고설켜 있는 이 세상에서 얼굴 맞대고 살아가야 할 의미가 무엇이겠는가? 즉 우리가 재물이 풍부한 집안, 권력과 학식이 많은 집안, 재능이 특출한 집안 또는 일반 평범한 집안 등 어디에서 태어났든 원하는 직업과 명예, 재물 등을 모두 성취했어도 이것을 주변 사람들과 함께 나누지 않는다면 큰 의미가 없다는 것이다.

청소부, 거리 가판상인, 흙수저 사장들이 근근이 평생 모은 돈을 이웃을 위해 아무 조건 없이 도와주는 선행과 사회 환원 기부행위를 접할 때 우리는 더불어 살아가는 이유와 의미를 다시 한번 깨우친다.

어렵고 힘든 여건 속에서도 적은 금액의 적금통장을 홍수, 화재, 재난 등 천재지변 자연재해로 많은 것을 잃어 상심에 빠진 사람에게 기부하는 모습은 수천만 원이나 수백억 원을 기부하는 대기업 사장 또는 기관장만큼이나 아름답고, 감동적이고 즐거운 것이다.

평범하고 소박한 삶을 추구하는 보통 사람들은 남들이 우러러보는 명예, 권력, 재물, 재능 등을 두루 갖춰 유구한 국내외 역사에 오래 남기지 못할 바에는 자신이 노력해 성취한 것을 숨쉬고 있는 동안 주변 사람들에게 물심양면으로 도와주고 나눠쓰며, 스스로 당당하고 떳떳하게 즐겁고 행복한 나날을 보내는 것이 좋다. 이들의 삶은 자신의 기본적인 의식주를 자체 해결하여 가족이나 타인에게 피해와 부담을 주지 않으며 건강하고 균형 잡힌 생활이 지속되도록 노력해나가는 데 있다. 특히 이들이 다양한 꿈과 희망을 이루는 과정에서 타인으로부터 자유롭고 편안하게 생활할 수 있다면 일등이 아닐지라도 절대 기가 죽거나 주눅 들지 않고, 남부끄럽지 않게 생각하며 당당하게 살아가는 것이다.

이들은 고급 승용차 또는 자가 비행기를 타고 세상 이곳저곳 바쁘게 돌아다니며 허세를 부리는 것보다 한적한 오솔길을 천천히 걸으며 사색하고 과거보다 좀 더 나은 삶의 목표, 꿈과 희망을 조금씩 성취해 온 것에 만족하고 행복해 하는 것이다. 그러면서 평화로운 자연과 함께 더불어 공생공존하며 인간이 지켜야 할 도리와 진정한 참다운 삶을 찾아 나서는 것을 좋아하는 것이다.

권력이나 직위에 눈이 어두워 잠시 동안 부귀영화를 누리다가 철창신세를 지는 사람보다 아무런 죄를 짓지 않고 법 없이도 어느 곳에서든지 유유자적하며 주변 사람들과 잘 어울리고 자유롭게 활보하는 사람이 되기를 바라고, 또 이런 사람들을 귀하게 여긴다.

따뜻한 넓은 공간에서 비단옷을 입고 귀한 음식을 배부르게 먹으면서 마음이 불안하고 불편하게 사는 것보다 추운 좁은 공간에서 허름한 옷을 입고 조금 덜 먹으며 마음 편하게 생활하는 것을 좋아한다. 비록 가난하고 보잘것없는 삶이지만 자신의 행동에 부끄럼 없이 항상 깨끗한 정신으로 살아가는 것이다.

이것이 바로 평범하고 소박한 삶을 추구하면서 즐겁고 행복한 삶을 살아가는 보통 사람들이 원하는 진정한 참다운 삶이 아니겠는가?

인간은 자신을 낳아주신 부모에게 보답하고 평생 함께할 배우자를 선택하여 가정을 꾸려 인류의 지속적 유지발전을 위해 자녀를 낳아 키운다. 부모는 의식주를 마련하여 자녀들을 보호하고 올바른 삶의 길을 찾아갈 수 있도록 지도 격려해 주며 열심히 사는 것이다. 그리고 가족, 주변 이웃, 사회 구성원들과 상부상조하며 제각기 즐겁고 행복한 삶의 길을 찾아 살아간다. 간혹 특별한 삶을 선택해 독신으로 살아가는 사람들을 제외하고 대부분 보통 사람들은 이런 방식을 선택해 살아가는 것이 일반적이고 상식적인 삶의 방식인 것이다. 결국, 인생이란 다양한 삶을 각자 위치에 맞춰 스스로 이끌어 가는 것이기에 정답도 없고 확실한 스승도 없다. 인간은 사람마다 갖추고 있는 재능과 재원이 제각기 다르고, 이런 것들이 태어나서 죽을 때까지 고정되어 있는 것이 아니므로 음과 양으로 반복해서 계속 변해 간다. 따라서 우리는 각자 부족한 부분을 채워가는 방식과 삶의 생활방식이 서로 다름을 인정하고, 다양한 꿈과 희망, 삶의 방향과 목표를 상호존중해주며 살아가는 것이다.

인간은 이 세상에 태어나 존재하는 약 78억 인구 중 잘났던 못났던, 유식하든 무식하든, 지위가 높든 낮든, 부자이든 가난하든, 재능이 특출하든 평범하든 간에 개성과 특성이 제각각 다른 유일무이한 존재로서 완벽한 사람은 없다. 즉 인간은 신이 아니기에 권력, 재물, 재능, 지혜, 건강 등 모든 것을 모두 가질 수 없고 어느 한두 개는 부족한 상태로 살아가야 하기 때문에 그렇다. 이것은 과거나 지금이나 미래에도 영원히 변하지 않을 것이다. 인간은 막대한 권력을 가지고 있으면 건강한 체력과 재능을 유지하고 싶고, 억만장자가 되면 권력이나 특출한 재능을 가진 사람이 부럽고, 건강한 신체와 많은 재능을 가지고 있으면 돈을 많고 권력을 가진 사람이 되고 싶은 욕망이 있는 것이다. 그래서 서로 부족한 부분은 서로 도와 가면 채워나가는 것이다.

어느 누구든지 나는 누구이고, 어디로 가고 있고, 무엇을 위해 살고 있는지? 궁금해 하고 부족한 부분을 보완해 나가려는 평범하고 소박한 꿈과 희망을 마음속 깊은 곳에 간직하고 있다. 결국 모든 사람들이 자신이 원하는 목표를 충족시키려 아무리 열과 성을 다해 노력해도 무언가 만족하지 못하는 허전한 부분이 항상 삶 속에 남아있는 것이다.

제행무상(諸行無常)이란 말과 같이 모든 것은 고정된 것이 없고 시간이 흘러가면서 계속 변하는 것이다. 변하지 않으면 죽은 것이나 다름없다. 따라서 삶이란 모든 시련과 역경을 감내해 내는 것이고, 우리는 이런 시련과 역경 속에서도 스스로 끊임없이 삶에 대한 어떤 의미 있는 진실한 참다운 가치를 찾고, 동기를 부여하고, 보완해가며 살아가는 것이다.

인간은 해발 8,000m가 넘는 히말라야산맥을 목숨 걸고 맨몸으로 한발 한발 내디디며 자유로운 나라를 찾아 나선다. 나치 시대에는 인간의 목숨을 파리 목숨보다 하찮게 여기는 죽음의 강제수용소에서 매일 벌어지는 참담하고 비극적인 죽음의 행렬을 바로 눈앞에서 목격하면서도 이곳을 탈출해 나갈 수 있다는 긍정적이고 낙천적인 생각을 갖고 결국 살아남는 존재이다. 이삼 개월만 살 수 있다는 사망선고를 받은 말기 암 환자가 죽음을 이겨내고 철인 3종에 도전하는 용기를 가지고 살아가기도 한다. 또한 팔과 다리가 없거나, 눈과 귀로 보거나 들을 수 없는 신체결함이 있어도 이를 이겨내고 희망의 빛줄기를 찾아 각자의 삶에 대한 의미와 가치를 갖고 살아가는 것이다. 하물며 눈, 코, 입, 팔, 다리가 정상인 사람이 아무리 힘들고 어려운 환경일지라도 삶의 목표를 중간에 포기한다면 자신이 부끄럽고 어리석다고 생각하지 않는가? 그러므로 어느 순간 삶의 과정에서 일어나는 실패와 실수는 자신이 추구하는 목표를 성취하는 과정 중 일시적으로 일어나는 아주 작은 일부분이라 생각하고, 우리의 꿈과 희망을 중간에 포기하면 절대 안 되는 이유가 바로 여기에 있는 것이다.

모든 사건과 현상은 영구적으로 고정되어있지 않아 시간이 흘러감에 따라 어둡고 어려운 환경은 밝고 편안한 환경으로 언젠가는 자연스럽게 변할 수 있다는 기대감과 낙관적인 희망을 품고 살아가는 것이다. 그러면 하늘이 내려준 천명을 다할 때까지 자포자기하지 않고 꿋꿋하게 살아갈 수 있다.

우리가 존재하는 세상은 이 순간이 지나는 순간에 조금 전의 과거가 되면서 새롭게 순간순간 다시 태어나는 것이다. 우리가 살다 보면 맑은 날이 있고 구름 낀 흐린 날이 있으며, 천둥 번개를 동반한 태풍이 치는 날도 있다. 어느 때는 찬바람이 매섭게 부는 날이 있고 눈보라가 휘몰아치는 날도 있으며, 햇볕은 맑은데 손발이 얼어붙을 정도로 차가운 날도 있다. 어느 누구일지라도 우리의 삶은 항상 즐겁고 행복한 날만 있는 것이 아니라 울적하고 외로운 날이 있는가 하면, 고통스럽고 견디기 어려운 난관에 부딪쳐 괴롭고 힘들어 잠시도 버티기 곤란한 날도 있다. 그러므로 우리는 현재의 기쁨과 고통에 얽매이지 말고 차분하고 평온한 마음으로 지금 이 순간은 눈 깜짝할 사이에 없어진다는 확실한 신념을 가지고 자연스럽게 흘려보내는 것이 바람직한 생활태도이다. 시냇물은 흘러가며 깊거나 낮거나, 직선이나 나선형이나, 원형이나 세모나 관계없이 낮은 곳으로 계속 흘러 채워지듯 우리의 삶도 고정되어 있지 않고 끊임없이 자신이 원하는 다양한 형태로 채워지며 변해간다.

특히 보통 사람들의 꿈과 희망은 아무리 힘들고 어렵다 할지라도 노력한 만큼 계층이동 사다리를 한 계단씩 올라타면서 언젠가 반드시 성취할 수 있는 것이다. 그러나 이들이 성취한 결과물로 인한 즐겁고 행복한 시간도, 실패로 인한 고통과 슬픔도 세월이 흐르면 꽃이 피고 지는 것처럼 언젠가는 사라지는 것이다. 우리 신체도 순간순간 새로운 세포가 생기고 일부는 죽어가듯 끊임없이 생성과 쇠퇴를 거듭하며 쉬지 않고 젊음에서 늙음으로 변해간다. 그래서 인간은 가는 세월을 물리적으로 절대 막을 수 없는 것이다. 우리의 마음과 의식, 생각도 역시 고정되어 있지 않고 지속해서 변한다. 너나없이 어제 어느 음식점에서 만나 밥 먹고 차를 마시던 너와 내가, 오늘 다시 만난 이 시점에서는 또 다른 새로운 너와 나의 모습으로 만나게 된다는 사실이다. 즉 먼 과거와 가까운 어제의 내가 아닌, 오늘 바로 이 순간 현재의 내 모습으로 변해있는 것이다. 따라서 우리는 과거의 감정, 느낌, 선입감으로 과거와 다른 모습을 하고 있는 오늘의 너와 나를, 과거의 그때 그 사람으로 맞이하지 않도록 조심해야 하는 것이다.

그리고 평범하고 소박한 삶을 추구하는 사람은 열심히 일해서 명예, 재물, 권력, 재능 등을 많이 얻는 것도 중요하지만 보람되고 풍부한 삶을 위해 놀이문화와 취미활동을 적절히 즐기고 사는 것이 좋다. 이들이 원하는 목표를 성취하여 자신만의 욕구와 욕망을 충족시켰으나 주변 가족의 안녕을 지키지 못해 가정이 파탄되고, 주변 이웃과 사회를 불편하고 어렵게 만들어 격리되거나 법정 구속을 당한다면 이것은 올바르고 참다운 삶이 아닐 것이다. 또한 돈과 재능을 많이 모았으나 자신의 건강을 제대로 관리하지 못해 노후에 중병으로 간호사 또는 간병인을 24시간 곁에 두고 수십 년 동안 간호를 받으며 죽음을 맞이하는 경우도 있다. 이런 경우 역시 즐겁고 행복한 보람된 삶을 살아왔다고 보기 어려울 것이다.

인간은 아무리 노력해도 99% 백세를 넘기기 어렵고 죽음도 언제 어떻게 순간적으로 다가올지 모른다. 유한적인 인생 속에 우리가 원한다고 모두 성취할 수 있는 것이 아니므로 인간으로서 해야 할 일을 다 하고 나서 하늘의 명을 기다리는 것(盡人事 待天命)이다. 평범하고 소박한 꿈을 가진 보통 사람들은 자신 위치에서 열과 성을 다해 열심히 맡은 일에 최선을 다하고 부귀 여부는 하늘의 몫으로 남겨 두는 것이다. 즉 자신이 타고난 본성과 순수하고 고유한 삶의 가치를 잃지 않고 노력한 만큼 얻은 결과물을 겸허히 받아드리고, 그것에 만족하는 자세로 당당하고 떳떳하게 살아가는 것이 멋있는 아름다운 삶인 것이다. 그리고 생존해있는 동안 획득한 결과물은 필요한 가족·주변 이웃들과 건강하고 밝은 모습으로 골고루 나눠 잘 사용하고, 떠날 때는 아름답고 멋지게 마무리하며 자연으로 편안하고 평화롭게 안식하는 것이다. 이것이 평범하고 소박한 삶을 즐겁고 행복하게 살아가는 보통 사람들의 꿈이고 희망이자 가장 큰 덕목일 것이다.

참다운 삶
유리하다고교만하지말고
불리하다고비굴하지마라무엇을들었다고
쉽게행동하지말고그것이사실인지깊게생각하여
이치가명확할때과감히행동하라벙어리처럼침묵하고
임금처럼말하며눈처럼냉정하고불처럼뜨거워라태산같은
자부심을갖고누운풀처럼자기를낮추어라역경을참아이겨내고
형편이잘풀릴때를조심하라재물을오물처럼볼줄알고터지는
분노를잘다스려라때로는마음껏통곡할줄알고사슴처럼두려워
할줄알고호랑이처럼무섭고사나워라이것이참다운
삶이니라.
잡보장경권제삼용왕게편
2020 봄 일인 박윤수

* 참다운 삶 (흘림체, 난꽃) *

II

어떤 직업이 내 삶을 향상시켜 줄까?

우리는 옷을 바꿔 입고 먹고 자는 데 필요한 재원을 어떤 직업을 선택해 확보할 것인가? 하는 문제를 고민한다. 즉 직업선택은 성년이 되면서 스스로 풀어 나가야 하는 가장 중요한 과제 중 하나이다. 독신으로 살든, 한 가정의 가장으로 살든 자신의 삶과 가족의 안녕, 자아실현에 사용할 기본적인 자금을 마련하는 것은 어느 누구에게나 필요하다. 그래서 우리는 학창 시절부터 온갖 고통과 고뇌를 이겨내며 자신의 적성과 특성에 맞는 직업을 잘 선택하기 위해, 좋은 직장을 얻기 위해 밤잠을 줄여가며 열심히 공부한다.

보통 사람들은 현존하는 시대에 맞는 삶의 목표와 가치를 설정해서 제각기 다른 다양한 계열의 직업을 하나둘씩 갖고 살아간다. 직업계열은 크게 인문계, 이공계, 예술계로 나뉘고, 자신이 습득한 관련된 지식과 정보, 인적 네트워크, 재원, 개성, 특성에 따라 직업을 선택하게 된다. 정치인, 행정가, 판·검사, 의사,

기업인, 과학자, 연구원, 군·경찰, 문학가, 연예인, 예술가, 체육인, 요리사, 자영업, 종교인 등등. 우리는 어느 직업을 선택하든 같은 시대에 존재하는 사람들과 유한적인 기간 내에 한정된 일자리를 놓고 무한경쟁을 통해 승리해야 지금보다 훨씬 더 좋은 삶을 살아갈 수 있다. 즉 즐겁고 행복한 삶을 살아가기 위해서는 직업에 대한 인식, 관념, 접근방법 등을 자신의 적성과 개성, 위치와 수준에 맞게 끊임없이 개선해 나가야 크고 작은 꿈과 희망을 적기에 성취할 수 있다. 그래서 대부분 보통 사람들은 즐겁고 행복한 미래의 꿈과 희망을 가슴에 품고 삶과 일의 균형을 맞춰나갈 수 있는 직업선택에 온 정성을 다해 심혈을 기울이는 것이다.

사회에 첫발을 내디딜 때 처음 선택하는 직업은 평상시 자신이 잘하고 싫증 나지 않는 일을 선택해야 성공확률이 높아진다. 왜냐하면 삶의 중간에 직업을 바꿔 생활하는 것은 새로운 직업에 대한 정보와 기술, 학문 등을 다시 배우고 익혀야 하기 때문에 결코 쉬운 일이 아니다. 중년 시절에 직업을 바꾸는 것은 직장의 목표달성, 자녀 교육과 가족 생계유지, 자아실현, 취미생활 등 여러 가지 문제가 복잡하게 연결되어있기 때문에 더욱더 그렇다. 따라서 청소년 시절부터 자신이 추구하는 삶의 목적에 어울리는 직업은 어떤 것인지 충분한 시간을 갖고 직업관을 명확히 확립해 두는 것이 중요하다.

우리는 너나없이 무슨 일을 하든 현재 삶의 질을 향상시켜 즐겁고 행복한 나날을 보내기 위해 수많은 굴곡을 헤쳐 나가는 것이 삶이다. 보통 사람들이 일과 삶의 균형을 잡고 인간적 가치와 정체성, 개성과 특성을 자연스럽게 드러내며 사는 것은 결코 간단한 일이 아니다. 청소년 시절부터 평생 직업에 대해 심사숙고해야 하는 이유가 여기에 있는 것이다. 그래서 우리가 진정 평생 하고 싶은 일은 어떤 것인지 가슴속 깊은 곳에서 우러나는 본심을 찾도록 수시로 내면을 들여다봐야 한다. 만약 우리가 겉으로 드러나는 직위, 명예, 재물, 권력, 재능 등에 너무 치중하게 된다면 진정한 삶의 가치, 본성, 정체성을 잃고 살아갈 수 있기 때문이다.

직업관이란 자신이 하고 싶은 일에 관하여 평상시 가지고 있는 근본적인 태도나 견해로서 생계유지 수단 또는 개성 발휘의 장(場), 사회적 역할의 실현 중 어느 측면을 강조하느냐에 따라 직업군이 제각기 다르게 설정된다. 직업에 대한 개념은 태어난 국가, 지역, 가족관계, 수준이나 위치에 따라 상당한 차이가 생긴다. 삶에 여유가 있는 가정 또는 부자나라에서 태어나 생계유지에 걱정이 없는 사람들은 개성이나 특징을 발휘할 수 있는 직업을 자유롭게 선택해 평상시 자신이 하고 싶은 일을 마음껏 즐길 수 있을 것이다. 특별한 재능을 가진 사람들은 개인보다 사회 또는 국가, 넓게는 세계에서 중심적 역할을 하는 직업을 선택해 높은 꿈과 희망을 품기도 한다. 이들 이외 평범하고 소박한 삶을 추구하는 보통 사람들은 기본적인 생계수단에 중점을 두고 다양한 직업을 선택해 생활하는 것이다.

우리가 선택한 직업으로 의식주를 해결하는 행위를 일(work) 또는 노동(labor)이라 한다. '일'이란 인간이 생존과 욕구충족을 위해 수행하는 다양한 육체적·정신적 노력을 의미하며, 영혼을 가지고 자신이 하고 싶은 강한 의지를 갖추고 접근하는 것이다. '노동'은 고통이나 고생이라는 의미가 담겨 있고, 자신이 일하기 싫어도 어쩔 수 없이 해야 하는 육체적인 힘을 쓰는 경우가 많다. 즉 의식주를 위해 영혼도 없이 마지못해서 해야 하는 일들이 대부분 노동에 해당하는 것이다. 일과 노동은 개인이 느끼는 감정이나 받아들이는 의지에 따라 조금씩 다른 면이 있다. 예를 들면, 일반 직장인들은 여유 또는 휴식시간을 PC방에 가서 좋아하는 게임을 하면서 시간 가는 줄 모르고 즐긴다. 하지만 컴퓨터 프로 게이머는 PC방에서 게임하는 것이 먹고 살기 위한 직업적인 일과 연계되는 노동행위로 생각하여 즐거운 일이 아닌 지겹고 따분한 일로 느껴진다. 이처럼 일과 노동은 서로 비슷한 의미를 지니고 있으면서도 자신이 처해진 위치와 상태, 시대 또는 사회여건에 따라 약간씩 다른 의미가 부여된다.

자본주의에서 노동은 의식주에 필요한 생계유지용 재원을 확보하기 위해 노력하는 활동에 한정되어 사용하고, 일은 좀 더 포괄적이고 일반적인 의미로 사용되는 경향이 있는 것이다. 반면에 사회주의의 창시자인 마르크스는 노동을 고통으로 인식되는 생계유지용 재원확보 범위에 한정하지 않고 인간 활동일반으로까지 자기 자신을 대상화하는 활동으로 확대하여 노동의 범위를 폭넓게 사용하였던 것이다.

인간은 기본적인 의식주에 대한 욕구와 욕망 해결을 위해 자연으로부터 필요한 물질을 얻거나 타인과의 서비스와 상품을 주고받는 행위를 한다. 이때 일어나는 모든 행동이 일이고 노동인 것이다. 동물은 약육강식의 논리에 따라 먹고 먹히는 단순한 노동을 한다. 이성적이고 합리적인 지능을 갖춘 인간이 행하는 노동은 동물들의 자연적인 단순 노동활동과 뚜렷이 구분되는 네 가지 측면이 있다.

먼저 인간의 노동은 단순히 먹고 살기 위한 본능적이고 반사적인 행위를 넘어서 다양한 삶에 대한 꿈과 희망을 품고 지금보다 좀 더 나은 정신적·물질적·정서적 생활을 위해 열과 성을 다해 행동하는 목적 의식적 행위를 한다. 즉 인간은 삶의 목적에 맞는 꿈과 희망을 성취하기 위해 저마다 일정한 직업을 가지고 노동활동하며 필요한 재원을 확보해 나가는 것이다.

두 번째는 미래의 삶을 위해 머릿속으로 상상하고 구상한 것을 현실 속에 반영하여 새로운 일자리를 창조해 나가는 창의적인 행위를 한다. 예를 들어 산업혁명을 통한 창의적인 행위는 1784년 1차 산업혁명으로 증기기관을 발견하고, 2차 산업혁명 때 전기를 발명하였고, 3차 산업혁명 때 인터넷과 정보기술(IT)을 전 세계로 보급 확산시켜 실시간으로 새로운 정보와 지식을 공유하는 디지털 세상으로 바뀌었다. 2016년부터 시작된 차세대 4차 산업혁명은 최첨단 신기술·제품·시스템을 구축하고 바이오신약, 알파고와 같은 인공지능 프로그램, 로봇 등에 관련된 일자리와 기타 문화, 예술, 스포츠 등을 개선 발전시켜 창조해 나가고 있다. 이들 모든 행위가 동물들의 단순행위와 확실히 구별되는 창의적인 행위인 것이다.

세 번째는 인간이 어떤 노동을 할 때 자신의 힘만 사용하여 일을 하지 않고 주변에 있는 물질, 기계와 도구들을 잘 이용한다는 것이다. 즉 인간은 어떤 일을 할 때 현재 존재하는 방식보다 더 나은 방식을 생각하고 모방하고 배우는 자세를 갖춘 존재이다. 그러므로 우리는 아주 간단한 나무 의자 또는 책상을 만들 때도 주변상황에 따라 기존 형태를 모방하여 나무, 톱, 망치, 줄자, 못, 경첩 들을 잘 활용하여 손쉽게 만들어 가는 방법을 배우고 개선해 나간다.

네 번째는 노동을 통해 자기 성취감과 만족감을 느낄 뿐만 아니라 인간적 가치를 발견하는 자아실현의 장으로 만든다. 즉 인간은 동물과 달리 먹고 살기 위한 단순노동 활동에 그치지 않고 무언가 자신에게 도움이 되는 취미, 놀이 문화와 연계하여 발전, 승화시켜 삶과 일의 균형을 맞춰나갈 줄 안다는 것이다. 어떤 때는 죽지 못해 불가피하게 생존을 위한 돈벌이용 노동행위를 넘어서지 못하는 경우도 있다. 이런 노동행위는 고통과 고생으로 얼룩져 취미 또는 놀이 문화로 승화시키지 못한다. 그러나 우리는 고통과 고생으로 각인된 이런 노동행위 속에서도 중압감, 피로감, 스트레스 등을 해결하는 방법을 찾아 또 다른 인간적 가치를 발견하여 자신만의 성취감과 만족감을 느끼기도 하는 것이다.

직업을 선택하고 접근하는 관념에 대한 근본적인 태도와 인식은 시대와 사회가 바뀜에 따라 변해 왔다. 4세기 후반부터 시작한 중세 봉건사회에서는 전통적인 생활양식을 유지하기 위하여 개인보다 사회 또는 국가에 봉사하고 헌신하는 측면으로 직업을 선택하였다. 16세기부터 종교개혁이 일어난 이후에는 천직이라는 관념과 함께 자신의 개성이나 특징을 발휘할 수 있는 직업을 선택하는 경향이 강하게 나타났다. 19세기 중엽부터 발달한 자본주의 경제체제에서는 세속적인 영리가 강조되어 자신이나 가족의 생계를 유지하기 위한 수단으로 직업을 선택하는 쪽으로 기울어졌다. 이처럼 직업에 접근하는 방식과 관념은 사회적 조건이나 환경에 따라, 시대가 바뀜에 따라, 그리고 개인의 위치와 수준에 따라 지속해서 주변 상황에 맞게 수시로 변해 온 것이다. 우리가 존재하는 21세기에는 일과 직업에 대한 인식과 관념을 '인간다운 가치', '적성과 개성', '삶과 일의 균형' 측면에서 더 많은 관심을 두고 접근해 나가는 추세이다.

'인간다운 가치'는 새로운 첨단 기술과 시스템이 인간의 일을 흉내 낼 수 없도록 하는 일자리에서 찾아내는 것이다. 지금은 차세대 4차 산업혁명 물결이 거세게 일어나 새롭게 탄생하는 정보통신기술(ICT)과 인공지능, 로봇이 혼합해 만들어지는 신기술, 신제품, 서비스, 시스템이 인간의 일을 대신해 주고 있다. 우리는 새롭게 만든 상품과 서비스가 좀 더 나은 삶을 위해 진정 도움 되는 것인지 자문해보고, 이런 첨단 기술과 시스템, 도구들을 잘 활용하면서 인간적 가치를 찾아내는 지혜를 배워야 한다. 페이스북 최고운영책임자 셰릴 샌드버거는 "로켓에 올라탈 자리가 주어진다면 어떤 좌석인지 물어보지 마라. 그냥 타라"라고 말했다. 이것은 기업이든 개인이든 과학기술 변화에 따라 새롭게 부상하는 신산업과 신기술에 관심을 갖고, 기술발전 흐름을 정확하고 빠르게 적응해 나가야 하기 때문이다. 즉 인간적 가치는 최첨단 신기술이 감당하지 못하는 현장, 직업, 일 속에서 신속히 찾아 새로운 일자리와 인간다운 삶의 가치를 지속해서 창조해내야 하기 때문이다.

'적성과 개성'은 단순 생계유지용 직장이 아닌 유일무이한 자신의 본성과 특기를 발휘할 수 있는 직업을 찾는 것이다. 종전에는 기업의 수명도 길고 일자리의 안정성도 높아 똑같은 일을 반복하며 직장에 평생 앉아 있을 수 있었다. 그러나 지금은 기술발전 속도가 빛의 속도만큼 빨리 변해 언제 어떤 기술과 시스템들이 우리 일자리를 잠식해 올지 어느 누구도 예측할 수 없다. 기업은 기술발전 속도에 맞춰 우선 생존해야 하고, 이익을 창출해내는 기술을 지속해서 발전시켜 나가야 한다. 그래서 기업은 개인 일자리를 종전과 같이 정년까지 자신의 본성과 특기를 발휘할 수 있는 생계유지용 직업으로 무한정 보장해 주지 못한다. 즉 신기술과 시스템에 맞춰 새로운 일자리를 만들고, 한편으로는 기존 일자리를 없애야 한다. 예를 들면 생산 현장에서 기계를 직접 조작하는 단순노동은 기계 자동화로 사라지는 대신 자동화 기계를 감시하고 유지 관리하는 직업이 필요해진다. 노동시장은 선진국일수록 탈공장화가 빠르게 이루어져 전체 산업의 비중이 줄어들고 서비스업, 금융업, 지식정보산업 쪽으로 비중이 늘어난다. 결국 육체노동은 정신노동으로 바뀌감에 따라 남성보다 여성 역할에 적합한 고용이 증가되고 있다. 정신노동은 소비자와 직접 대면하는 인격적 관계 속에서 부드러운 감정적 교류가 수반되는 직업군이기 때문이다. 그래서 산업체의 고용구조는 판매, 유통, 음식, 관광, 콜센터, 간호 등에 다양한 부분에서 여성 고용이 늘어나고 남성 고용은 줄어드는 것이다. 또한 가정에서 직접 손으로 하는 청소, 빨래, 건조, 식기를 세척하던 일들은 로봇 또는 인공지능을 탑재한 가전제품들이 대신해 줌으로써 가사도우미와 주부의 일거리가 사라지고 있다. 종전과 같이 우리는 한 직장에서 자신의 적성에 맞는 평생 똑같은 일을 지속해서 유지할 수 있다는 고정 관념과 희망을 이제 접어야 한다. 과학기술혁명에 따른 생산기술의 발전은 일과 노동에 대한 관념을 많이 변화시키고, 일할 수 있는 직업군도 다양하게 변화시키고 있다. 따라서 고용노동자는 새로운 장소 또는 다른 직장에서 유사한 업종을 수행할 수 있는 능력과 기술을 미리 습득해 두어야 한다. 즉 우리는 최첨단 기술발전 속도에 맞게 자신만의 적성과 개성을 살리며 평범한 사람들 속에서 뛰어난 사람

(群鷄一鶴)만이 할 수 있는 특유한 직업을 평상시 잘 찾아둬야 한다.

'삶과 일의 균형'은 자신이 선택한 직업과 일상적인 생활 사이에 정신적·물질적·육체적으로 조화롭게 균형이 잘 이루어져야 즐겁고 행복한 삶을 유지할 수 있다. 우리의 직업은 외면에 노출되어 있는 자신의 현 모습에 도취되어 타인에게 보여주기 위한 전시용이나 과시용으로 일하는 것이 아니다. 우리는 일을 하면서 취미생활도 즐기고 가족과 함께 행복한 시간을 보내는 균형 잡힌 삶을 찾아야 큰 의미가 있고 보람도 있는 것이다. 만약 보통 사람들이 가정의 평화, 취미생활 등과 같은 것보다 일이 우선이어서 일에만 몰두하여 사는 일 중독자 또는 업무중독을 일컫는 워커홀릭(workaholic)과 같은 병에 걸린다며 결코 즐겁고 행복한 균형 잡힌 삶을 살고 있다고 보기 어려운 것이다.

차세대 4차 산업혁명 시대에는 인공지능과 정보통신기술이 결합된 제품과 서비스가 거대한 빅데이터, 클라우드 등 네트워크에 연결되어 사물이 고도로 지능화된다. 3D 건축설계로 지은 맞춤형 집에 에어컨, 밥솥 등 가전제품을 원격으로 제어하여 언제 어디서든지 가동시키고, 인터넷 모바일화상으로 도난방지감시가 가능해지는 것이다. 또한 인공지능 로봇은 오늘 일정과 날씨를 알려주고, 손목에 찬 스마트밴드는 건강상태를 체크하여 담당주치의에게 곧바로 전달해 주면 원격진료를 받아 처방전을 받을 수 있다. 인터넷으로 주문한 식료품과 물건은 드론 택배로 받아 식사와 일상준비물을 편하게 해결한다. 무인 자율주행차와 하이퍼루프(hyper loof, 진공튜브 초고속열차)를 타고 서울에서 부산(500km)까지 30분 이내 도착하여 번화한 도시를 벗어나 광활한 바다를 볼 수 있다. 법률상담, 진료처방, 신소재 개발, 인공장기, 바둑·골프 등 인공지능 프로그램을 활용하여 각종 업무를 수행하거나 스포츠를 즐긴다. 이외에도 나의 일정, 취향, 기후, 건강상태 등을 분석하여 주변 맛집을 찾아주고, 적합한 의상도 선택해 주는 시대가 가까운 2030년대에 도래할 것이다. 이로 인해 단순 일자리는 로봇이 차지하여 없어지고, 새로운 기능과 시스템에 맞는 일자리는 수없이 탄생할 것이다.

따라서 우리는 자신에게 맞는 일과 직업에 대한 인식과 관념을 유연성 있게 수시로 바꿔가면서 새롭게 생성되는 다양한 직업군에 대한 탐구정신, 호기심, 창의성을 발휘해 나가야 한다.

예를 들면 인공지능, 사물인터넷, 빅데이터, 가상현실, 3D프린터, 드론, 컴퓨터, 정보보안, 정보통신, 통계, 비즈니스 컨설팅, 데이터 분석, 무인항공기 조정, 생명공학, 유전공학, 시스템 서버 등에 관련된 과학기술자, 전문가, 생명과학연구원, 소프트웨어개발자, 로봇공학자 등이 많이 필요하게 된다. 또한 산업용, 의료용, 가정용, 해저 자원개발용 등 다양한 분야를 첨단 정보통신기술과 접목시켜 관리감독 운영하는 새로운 직업군도 생긴다. 특히 예상치 않게 발생한 코로나19과 같은 유사한 팬데믹(pandemic)으로 비대면(untact)생활이 일상화된다면 인터넷 화상회의·교육, 드론 택배, 온라인 쇼핑, 로봇 도우미 등 인공지능과 정보통신기술을 기반으로 한 차세대 4차 산업 관련 직업군이 더욱더 빠르게 진보될 것이다. 반대로 단순 반복 기능적인 일자리는 인간의 육체적·정신적 한계를 뛰어넘는 새로운 로봇기술들이 하나 둘씩 차지하게 되므로 생계유지를 위해 단순 노동 하는 사람들은 일자리에 대한 불안감과 긴장감이 점점 더 고조될 것이다.

결국 우리는 신기술과 시스템이 첨단화되어 인공지능으로 더 똑똑해지고 힘이 세진 자동화 기계와 기구들이 인간의 존엄성과 정체성을 침범하지 못하도록 만들어야 살아남는다. 영국 물리학박사 스티븐 호킹은 인간보다 똑똑한 인공지능이 지속해서 개발된다면 인류가 멸망할 수 있다고 경고했다. 따라서 과학기술자는 차세대 첨단 기술과 시스템을 기술적으로 대처하면서 어떻게 인간적 가치를 갖춘 일자리를 창조하고, 인간의 존엄성을 보존해 나갈 것인지에 대해 깊이 고민해야 한다. 즉 이들은 새로운 첨단 기술과 시스템을 개발해 나갈 때 사회적·경제적으로 부담없이 수용할 수 있는지 여부를 고려하면서 과학기술을 개발해야 한다. 왜냐하면 우리가 개발한 첨단 과학기술들의 발전 속도, 경제성, 효율성, 사용자의 적응능력과 활용도에 따라 기존 일자리 존폐와 사회구조 개편 여부가 결정되어지기 때문이다.

급격한 직업 환경변화 속에서도 우리가 사회적·경제적으로 혈기왕성하게 일할 수 있는 기간은 한정되어 있다. 그러므로 보통 사람들은 평생 직업 또는 직장을 선택할 때 기본적으로 ① 인간적 조직문화, ② 급여, ③ 적성과 개성, ④ 일과 삶의 균형, ⑤ 안정성, ⑥ 성장가능성, ⑦ 인지도 등을 자신의 주변 여건을 고려하여 잘 선택해야 한다. 그래야 이들은 자유롭고 편안하게 삶의 질을 향상시키고, 취미생활 몇 가지를 즐기며 행복하게 생활할 수 있는 기회가 생기는 것이다.

① 인간적 조직문화

우리가 심사숙고해 선택한 직업이나 직장은 물질적이고 기계적인 측면보다 인간적인 측면을 중요하게 여기는 조직문화이어야 한다. 인간 존엄성을 강조하는 직장은 자부심, 소속감, 만족감을 더 많이 느끼게 해 준다. 인간은 사회적 동물로서 기본적인 인간관계가 맞지 않으면 많은 급여와 중요한 일을 수행해도 마음이 편하지 못해 스트레스가 조금씩 쌓이게 된다. 우리가 스트레스 등으로 건강에 문제가 생기면 높은 직위와 명예, 많은 재물, 권력을 획득해도 아무 소용이 없게 되므로 결코 좋은 직업이나 직장이라 할 수 없다. 인간은 먹이사슬로 얽히고설켜 있는 약육강식의 동물 세계와는 다른 이성을 가진 존재이므로 타인과 함께 상부상조해 가며 삶을 유지해 나가는 것이다. 그러기에 인간의 존엄성을 강조하는 직업이나 직장이 좋은 것이다. 돈과 권력이 많다고, 재능을 특출하다고 조직원을 마구 대하거나 인간 이하로 취급하는 직업과 직장은 반드시 피해야 한다.

② 급여

매월 받는 급여 또는 연봉은 어느 정도 받아야 하는지 생각해야 한다. 급여는 자아 성장과 앞으로 이끌어 갈 가족의 생계, 그리고 노후생활까지 생각해서 결정해야 하기 때문이다. 직장인이 매월 받는 월급 또는 연봉에는 소속된 직장의 번영을 위해 힘쓴 노동력에 대한 대가뿐만 아니라 직장 다닐 때 조직원들로부터 받는 스트레스와 마음에 들지 않는 일을 해야 할 때 참아내야 하는 인내심에 대한 대가가 포함되어 있다. 또한 여기에는 잘하든 잘못하든 조직원 전체에 가해지는 직장의 불확실한 미래에 대한 긴장감과 압박감을 견뎌내야 하는 것들도 있으므로 이를 모두 포함해서 급여를 결정해야 한다. 요즘같이 빠르게 변하는 지식정보화시대에는 학교에서 배운 학문만 가지고 자신이 원하는 직업 또는 직장을 구하기가 낙타가 바늘구멍을 들어가기처럼 어렵다. 그러므로 취업준비생은 다양한 직종별 요구되는 요건과 자격증을 사전에 획득하고, 외국어 능력을 향상해놔야 자신이 원하는 직장에서 급여를 당당하게 요구할 수 있다.

③ 적성과 개성

직업과 직장은 자신의 적성과 개성에 맞아야 한다. 평생 직업은 적성, 개성, 특성, 특기에 맞는 업종을 선택해야 힘들이지 않고 밤샘 일하더라도 취미생활 수준으로 즐길 수 있다. 적성과 개성에 맞지 않거나 원하지 않는 일은 처음 몇 년간은 견뎌낼 수 있지만 시간이 흐르면 돈을 아무리 많이 받아도 지루해지고 따분해져 스트레스가 조금씩 쌓이기 시작해 몸이 망가진다. 건강을 잃으면 모든 것을 잃게 된다는 사실을 명심해야 한다. 자신의 적성과 개성에 맞고 평생 즐겁게 일할 수 있는 직업은 청소년 시절에 잘 선택하는 것이 좋다. 어쩔 수 없이 일시적으로 선택한 일이나 직업은 일정 기간을 설정해 한시적으로 종사하면서 좀 더 나은 새로운 일자리를 위한 스펙과 실력을 쌓아갈 수 있도록 열과 성을 다해 노력하는 것이다. 우리는 누구나 모두 어렵고 힘든 과정을 거쳐 직업이나 직장을 선택한다. 선택한 직업은 경우에 따라서 학창 시절 꿈꾸던 이상과 사회 초년생을 맞이하는 사회 현실과는 간극이 넓어 갈등이 생긴다. 학교는 돈을 주고 자신이 원하는 것을 얻을 수 있지만 직장은 돈을 받고 기업이 원하는 일을 해주고 실적과 성과를 이끌어내야 현직을 유

지할 수 있다. 그래서 우리는 평상시 하고 싶은 공부, 독서, 취미 생활 등을 여유롭게 마음껏 즐기지 못해 많은 갈등이 생기는 것이다. 그렇다고 보통 사람들은 이런 갈등 때문에 청소년 시절부터 꿈꾸며 열심히 공부한 관련 분야의 지식과 그동안 쌓아 온 경험을 중간에 버리고 다른 분야로 직업을 바꾸기도 만만치 않다. 왜냐하면 노동자 또는 말단 종업원으로 출발하는 사람들은 당장 자신의 자아실현과 가정을 이끌어 가기 위한 기본적인 생계유지용 재원을 마련해야 하기 때문이다. 그래서 이들은 삶의 중간에 자기 개성이나 특성에 맞는 직업을 찾거나 사회 또는 국가에 봉사하는 직업으로 전환하는 경우는 그리 많지 않다. 가정형편이 좋아 의식주 마련에 부담이 없고 평상시 생활유지에 어려움이 없는 부유한 사람은 그나마 직업이나 직장을 편하게 바꿀 수 있다. 따라서 보통 사람들은 청소년 시절부터 직업에 대한 인식이나 관념을 명확히 설정하고, 필요한 요건을 하나둘씩 차근차근 갖추면서 중간에 부닥치는 어렵고 힘든 과정을 인내와 끈기로 이겨내야 한다. 그러면 어느 누구든지 머지않은 시기에 자신의 적성과 개성에 맞는 좋은 직업과 평생 직장을 구할 수 있는 기회가 생기는 것이다.

④ 삶과 일의 균형

어떤 직업이나 직장도 삶과 일의 균형을 유지해야 한다. 우리는 생활 유지를 위해. 자신의 개성과 특성을 살리기 위해, 사회 또는 국가에 헌신하기 위해 직업을 선택해 평생 일하며 생활한다. 우리가 선택한 직업이나 직장이 가족과 함께 하는 시간이나 자신의 취미생활에 필요한 여가시간까지 빼앗아간다면 삶의 균형을 잃게 된다. 이것은 개인의 성향에 따라 많은 이견이 있을 수 있으므로 스스로 심사숙고해 결정할 문제이다. 사회와 국가에 헌신하거나 개인의 개성을 살리는 데 집중하는 직업은 국내외 역사에 큰 이름을 남기지만 가족과 함께 평화롭게 보내는 시간을 포기하거나 균형을 깨뜨려야 하는 경우가 생긴다. 가정, 사회, 국가에 모두 만족하게 해 주는 직업이나 직장을 구하는 것은 아주 극소수에 불과하기 때문이다. 그러므로 보통 사람들은 삶과 일의 균형을 유지할 수 있는 자신만의 고유한 직업이나 직장을 타인에 의해서가 아니라 자기 스스로 청소년 시절부터 충분한 시간을 갖고 잘 선택해야 한다.

⑤ **안정성**

외부요인에 흔들리지 않는 견실하고 안정성이 있어야 한다. 직업이나 직장은 국내외 정치, 경제, 사회, 문화가 바뀌더라고 신속 대응할 수 있는 유연성을 구축하고, 급여·근무조건·후생복지 시설 등의 안정성을 확보하고 있어야 한다. 자영업자를 제외한 대부분 보통 사람들은 기업 또는 공공기관에서 매월 받는 월급 또는 연봉을 받아 생활한다. 그래서 직업 또는 직장의 안정성은 한 가정의 부모로서 자녀들의 양육과 의식주 등 필요한 재원을 걱정 없이 안정적으로 확보할 수 있기 때문에 매우 중요한 검토 요소이다.

⑥ **성장가능성**

앞으로 지속 가능한 성장 가능성이 있어야 한다. 첫 직장은 꼭 대기업이거나 중견기업 또는 공공기관에서 시작하지 않더라도 괜찮다. 이들만이 지속 가능한 성장성을 가지고 있는 것이 아니기 때문이다. 우리가 원하는 좋은 직업과 직장은 새로운 아이디어를 창의적으로 발굴해서 자신과 함께 지속해서 성장가능성이 높은 벤처 기업 또는 중소기업, 자영업 등 곳곳에 숨어있다. 중소기업은 대기업보다 급여와 후생조건 등이 부족하지만 업무량 등에 대한 부담이 적어 자신의 역량을 향상시켜 나갈 수 있는 여유시간을 많이 만들 수 있다. 따라서 우리가 현 직업이나 직장에 대한 인식과 관념을 낮은 곳에서 높은 곳으로 개선 발전시켜나가겠다는 새로운 시각을 갖고 끊임없이 노력해 나간다면 과학, 기술, 문학, 예술, 스포츠 등 어느 분야이든 앞으로 자신과 직장이 동반성장해 나갈 가능성이 훨씬 더 높아지는 것이다.

⑦ 인지도

자신이 선택한 직업과 직장은 사회적 인지도가 높은 것이 좋다. 현재 일하고 있는 직장이 일반인들에게 널리 알려져 있으면 회사와 직업에 대한 자긍심과 자부심이 절로 생겨나고 힘들고 고된 일을 하면서도 뿌듯해지기 때문이다. 우리는 학교 다닐 때 인지도가 높은 직장에서 자신이 하고 싶은 일을 하기 위해 열과 성을 다해 공부해 왔던 것이 아닌가? 자신이 선택한 일로 정년까지 뿌리 내려 한 우물 파는 것이 여러모로 삶의 목표를 달성하는 데 유리하고, 편하고, 안정적인 것이다. 따라서 우리가 한 살이라도 젊은 시절에 인지도가 높은 직장을 얻는데 노력하는 것이 바람직한 생활태도이다. 주변 여건이 부족한 사람은 지금 당장 여의치 않아 자신이 원하는 직업과 인지도가 높은 직장을 구하지 못하였다고 낙심하지 말고 우선 막일이라도 확보하는 것이 좋다. 이때는 남들이 일하기 싫어하는 힘들고 더럽고 위험한 일들을 가리지 말아야 한다. 그러면서 일과 직업에 대한 인식과 관념은 점진적으로 인지도가 높은 좀 더 나은 직장을 찾아나갈 수 있도록 꾸준히 주변 여건을 변화시켜 나가는 것이다. 현직보다 좋은 직장을 갖기 위해서는 일하면서 중간에 생기는 여유시간이나 자투리 시간을 최대한 잘 활용해 새로운 지식, 교양서적과 전공과목을 틈틈이 공부해야 한다. 보통 사람들은 첫술에 배부를 수 없다. 모든 일은 '티끌 모아 태산이 된다.'라는 말과 같이 작은 것들이 모이고 모여 큰 것으로 변하는 것과 같이 노력한 만큼 인지도가 높은 직업과 직장을 구할 수 있다.

우리 삶의 목표, 꿈과 희망을 성취하는 데 필요한 평생 직업은 무엇으로 할까? 시대에 따라, 주변 여건에 따라 변하는 직업에 대한 관념은 어떤 마음가짐으로 대응하며 살아가야 할까? 하는 것을 한번쯤 생각해 보지 않은 사람은 없다. 우리가 돌잔치에 놓인 돌잡이용품을 잡는 순간부터 부모로부터, 선생님으로부터, 주변 가족으로부터 이목이 집중된다. 그들은 돌잡이 아기가 무병장수할 것이니, 판사, 변호사, 의사, 유명한 학자, 인기 연예인, 장군이 될 것이니 얘기하며 아기의 장래를 그들의 입에 오르내린다. 돌잡이 아이는 유치원, 초등학교, 중학교 다닐 때까지 이담에 크면 무엇이 되고 싶니? 하는 질문을 수없이 받고 자란다. 이들은 수많은 질문과 대답 속에 자신의 장래 직업군을 수시로 바꿔가면서 성장해 나가는 것이다. 이들이 고등학교에 들어가면 실질적으로 인문계, 이공계, 예술계로 구분하여 상급학교 진학과 사회진출 방향을 놓고 고민하게 된다. 대부분 청소년들은 가족이력이나 주변 환경 영향을 받거나 타인의 압력에 의해 자신의 직업군을 선택하는 경우가 많다. 자기 스스로 결정한 것이 아닌 타인의 압력에 의해 잘못 선택한 직업은 하루하루가 지루하고 따분하게 느껴져 흥미롭고 즐거운 삶을 보내기 어렵다. 심한 경우에는 중간에 직업을 바꾸는 경우도 생기게 되는 것이다. 그러므로 평생 직업 선택은 자신이 평상시 하고 싶은 것을 능동적이고 적극적인 자세로 스스로 결정해야 즐겁고 보람된 삶을 유지할 수 있다.

청년이나 중년에 평생 직업과 직장을 설정할 때 자신이 원하는 이상형에 모두 맞는 직업이나 직장은 이 지구상에 결코 없다는 것을 인정해야 한다. 우리가 청년이나 중년 시절에 자신이 평생 하고 싶은 이상형 직업보다 이십 내지 사십 퍼센트 부족한 직업을 가지고 기본적인 의식주를 해결하고 삶과 균형을 맞춰 나갈 수 있다면 그나마 다행이고 행운인 것이다. 만약 자신이 선택한 직업이나 직장이 적성에 맞지 않아 좀 더 나은 것으로 바꿀 때는 청년시절에 변경하는 것이 육체적·정신적으로 부담이 적다. 왜냐하면 나이가 점점 많아지는 시점에서는 육체적·정신적인 면이 모두 쇠퇴해져 마음먹은 대로 몸이 따라주지 않아 결코 쉽지 않고, 자신의 꿈과 희망을 원하는 시기에 성취하기도 점점 더 버거워지기 때문이다.

모든 인간은 지속적인 발전 가능성을 가지고 노동도구와 재원, 첨단 신기술들을 얼마나 잘 활용하느냐에 따라 지배계층과 피지배계층으로 구분되어진다. 이것들의 활용도에 따라 부의 분배 차이가 생겨 계층 간 빈부격차가 심해진다. 지배계층은 정치적·경제적·사회적인 지배세력을 가진 계층으로 권력·권위·명망이나 거대한 재산을 소유하고 있는 사람들이고, 피지배계층은 지배계층을 제외한 모든 사람들이다.

이탈리아 경제학자 빌프레도 파레토가 주장한 20대80 법칙과 같이 대부분의 사회가 지배계층이 20% 정도 되고 나머지 80%가 피지배계층에 속하는 경우가 많다고 한다. 살기 좋은 나라는 지배계층이 공정하고 정의로운 사회를 구축하기 위해 헌신적인 노력과 봉사, 이익금의 사회 환원, 기부 등을 통해 노동력의 가치 분배를 평등하게 제공하는 제도적 시스템을 구축하는 데 온힘을 쏟는다. 반면에 살기 어려운 나라는 지배계층이 노동의 대가를 낮게 책정하여 노동자의 이익금을 착취하고, 편법과 불공정 거래 또는 우월한 지위를 통해 좀 더 쉬운 방법으로 자신들에게 많은 이익금이 돌아오게 법과 규칙을 만든다. 그래서 계층 간 빈부격차가 점점 넓혀져 사회적 문제를 일으키고 갈등과 불만을 야기 시키는 것이다.

한국 최초로 제92회 아카데미(2020년) 4개 부문 수상과 칸 영화제 황금종려상, 골든 글로브 외국어 영화상 등을 휩쓸어 화제가 된 영화 '기생충'은 지배계층과 피지배계층 간의 갈등을 잘 표현했다. 이 영화는 서류를 위조하여 자신의 신분을 속이는 편법 행위와 감언이설 등으로 고용주를 속여 자신이 원하는 일을 죄책감 없이 행하는 일반적인 사회풍토를 코믹하게 적절히 연출한다. 여기서 보여준 빈부격차와 계층 문제는 모든 국가에서 일어나는 일로 세계인 누구나 공감할 수 있는 내용이기 때문에 큰 인기를 독차지한 것이다. 즉 우리는 불합리한 조건과 편법이 난무하는 현실 속에서 왜 계속 일을 해야 하는가? 하는 불평등, 빈부격차 문제를 다시 생각하게끔 만들었다.

대부분 평범하고 소박한 꿈을 가진 피지배계층 사람들은 지배계층이나 공공기관 등에서 운영하는 일터에서 생계유지용 재원을 마련하고, 삶의 가치와 생활의 질을 향상시켜 나가고자 일과 노동을 한다. 즉 이들은 하류층에서 중류층, 상류층으로 계층이동 사다리를 한 단계씩 올라타는 꿈과 희망을 품고 정신적·육체적으로 혈기왕성한 시기에 온 힘을 다한다. 이들이 아무리 노력하고, 근검절약하며 검소하게 생활해도 계층이동 사다리를 올라타기는 그리 쉽지 않다. 그러나 보통 사람들은 계층이동 사다리를 올라타는 것이 하늘에서 별을 따기만큼 어렵다는 것을 잘 알면서도 삶의 중간에 포기하지 않고, 인내와 끈기로 수많은 고통과 고난을 이겨내며 살아가는 것이다.

태어날 때부터 권력·권위·명망이나 거대한 재산을 두루 갖추고 지배계층으로 성장한 사람들은 인간적 가치가 있고 자기 적성과 개성에 맞는 직업을 선택해 삶과 일의 균형을 유지해 가면 여유롭게 생활할 수 있다. 그래서 그들은 자신이 원하는 직업이나 직장을 구하는 데 큰 어려움이 없고 선택의 폭이 넓어 한결 자유롭다. 반면에 대략 80%에 해당하는 평범한 가정에서 태어나 권력, 재물, 재능이 부족한 피지배계층으로 성장해 온 사람들은 처음부터 자신이 원하는 직업이나 직장을 구하는데 인간적 조직문화, 급여, 적성과 개성, 일과 삶의 균형 등을 자신의 입맛에 맞춰가며 자유롭게 선택하기란 결코 쉽지 않다. 또한 직업 또는 직장의 안정성, 성장가능성, 인지도까지 추가로 고려해 가며 선택한다는 것은 더더욱 어렵다. 즉 피지배계층은 청소년 시절부터 삶의 목표를 명확히 정하고 우수한 명문 대학을 졸업해서 두세 개의 외국어 능력, 자격증 등 특별한 스펙과 재능을 갖추어야 그나마 자신의 입맛에 맞는 직업 또는 직장을 얻을 가능성이 높아진다. 그러면 이들은 지배계층과 같이 많은 급여를 받으며 취미생활 몇 가지를 자유롭게 활동할 수 있고, 삶과 일의 균형을 맞춰나가는 평화롭고 윤택한 생활을 할 수 있는 것이다.

인간의 노동행위는 동물들이 단순히 생존경쟁을 위해 행해지는 약육강식과 같은 행위와는 전혀 다르다는 것을 앞에서 설명했다. 우리는 무한경쟁을 뚫고 어렵게 얻은 직장에서 지금 당장 먹고살기 위해서 열심히 일하는 것만 아니라 앞으로 삶에 대한 명확한 목표, 꿈과 희망을 품고 더 높은 곳으로 도약해 나가기 위해 노동행위를 해 나가는 것이다. 그러나 보통 사람들이 어렵게 얻은 직장에서 어떤 목적의식을 갖고 인내와 끈기로 힘든 여건을 이겨냈음에도 불구하고 삶의 가치, 꿈과 희망을 이룰 수 없는 곳이라 판단되면 차선책을 마련하여 다른 직업과 직장을 찾아봐야 한다. 이때는 충분한 시간을 갖고 면밀한 계획을 준비하되 실행하는 시점에서는 과감하게 결단을 내리는 것이 좋다. 평생 직장은 하루 10시간 이상 관련된 업무와 인간관계를 유지하면서 자신의 꿈과 희망을 키워나갈 수 있어야 한다. 그런데 자신의 일이 짜증 나고 지겨워 스트레스가 조금씩 쌓여 더 나은 삶을 기대할 수 없게 된다면 하루빨리 벗어나는 것이 바람직하다. 보통 사람들이 일할 수 있는 기간은 청년과 중년 시절을 합쳐 약 삼십 년 내지 오십 년을 넘기기 어려우므로 조금이라도 혈기왕성한 젊은 나이에 직업과 직장을 변경하는 것이 여러모로 유리하다.

누구든 힘들고 어려운 여건 속에도 가족과 함께 여가시간을 보내며 놀이공원, 국내외 여행, 취미활동을 즐기기를 원하지 않는가? 노후에 평온하고 행복한 시간을 보내는 황혼을 맞이하기를 바라지 않는가? 이것은 우리 모두가 원하는 꿈이고 희망인 것이다. 그렇다면 우리는 황금 같은 혈기왕성한 시기에 온 힘을 다해 열심히 노력하면서 주변 여건을 잘 활용하는 방법을 찾아야 한다. 그리고 끊임없이 일일신 우일신하며 자신의 위치와 수준을 개선해 나가는 것이다. 보통 사람들이 계층이동 사다리를 쉽게 올라타길 원한다면 자신이 잘 할 수 있는 특기, 재능, 적성과 개성에 맞는 직업을 잘 선택할 수 있도록 최선의 노력을 다하는 것이다. 또한 이들은 첫 직장에 구속되지 말고 주변 여건과 환경을 점진적으로 개선시키려는 탐구정신과 창의적인 자세를 갖고 생활해야 좀 더 나은 직장을 마련할 수 있는 가능성이 높아진다.

결국 위대한 인물이 아닌 평범하고 소박한 삶을 추구하는 보통 사람들에게 중요한 것은 첫 직장이 아니라 내 가정과 자신의 영혼을 올바르게 인도해 줄 수 있는 평생 직장을 찾는 것이다. 특히 차세대 4차 산업혁명 속에서는 새롭게 나타나는 직업군에 관심을 두고 블루 오션(Blue Ocean) 전략으로 직업의 문을 끊임없이 두드려야 한다. 우리가 현재 안락하고 편안한 생활에 안주하거나 발전적이고 창의적인 생각도 없이 반복적인 일상생활에 만족해 주변 여건 개선활동을 멈춘다면 노후에 현재보다 더 나은 삶을 기대하기보다는 불안하고 힘든 여건 속에 살아가야 할 가능성이 훨씬 높아지는 것은 불 보듯 뻔하다.

어느 누구든지 어느 날 갑자기 꿈과 희망을 한꺼번에 성취할 수 없다. 특히 권력·권위·명망·재물 등이 부족한 보통 사람들은 작은 성공과 실패, 실수를 수십 번 또는 수백 번 거듭해야 꿈과 희망을 성취해 나갈 수 있는 것이다. 피지배계층 사람들이 지배계층 사람들과 같이 동일한 조건이 아닌 열악한 상태에서 그들이 가지고 있는 특권을 똑같이 따라 행동하거나 생활하겠다고 하는 것은 불가능한 것이다. 따라서 지금은 자신이 선택 결정한 직업이 하찮고 보잘것없는 것처럼 타인에게 보일지라도 개의치 말고 꿋꿋하게, 정정당당하게 자신의 길을 이끌고 나가야 한다. 그래야 우리는 앞으로 멋있고 보람된 삶을 살아갈 수 있고, 꿈과 희망을 원하는 시기에 성취할 수 있다. 우리가 선택한 직업과 직장은 삶에 대한 절실함과 현재 수준에 맞게 심사숙고하여 결정한 것이기에 귀천을 따질 수 있는 것이 절대 아니다. 이것이 타인에게 불편과 부담을 주지 않는 것이고, 자신과 가족의 생계 유지에 문제가 없다면 어느 직업이나 직장이든 잘 선택한 것이다. 우리가 선택한 직업이나 직장을 어떤 마음가짐으로 이끌고 가느냐에 따라 미래의 자신 모습이 상당히 달라질 것이다. 자신이 선택한 길에 묵묵히 정성을 들이며 언젠가는 그 분야 최고 권위자가 되기도 하고 유사한 길을 걸어가는 사람들을 선도해 나갈 수도 있는 것이다. 기세 든든한 자세로 현재의 삶을 보다 더 나은 발전적인 삶으로 나아갈 수 있는 시간은 우리 전체 삶 중 30% 정도밖에 안되기 때문에 좋고 나쁨을 따질 시간이 그리 많지 않다는 것을 빨리 깨우쳐야 한다.

이삼십 대의 취준생들이 사회에 첫발을 내딛는 것은 어느 분야이든 비슷하게 출발한다. 그러나 연륜과 경험이 축적되는 시점에서는 꿈과 희망을 성취하기 위해 얼마나 많은 공을 들여 현실을 개선해 왔느냐에 따라 중년이 지나 노년으로 접어들면서 확연히 생활수준 차이가 나타나기 시작한다. 우리가 동일한 학과를 공부해서 유사한 분야에서 첫 직장생활을 시작했어도 삶의 목적을 명확히 하고, 꿈과 희망을 달성하기 위해 정성껏 차근차근 준비해 온 사람만이 노후에 즐겁고 행복한 생활을 편안하게 살 확률이 높아진다는 것은 당연한 사실이다. 그러나 우리는 이 사실을 간과하거나 잘 잃어먹고 삶의 중간에 점검하지 않기 때문에 즐겁고 행복한 삶에 문제가 생긴다.

21세기는 정보통신기술 기반 위에 차세대 4차 산업혁명이 더욱 가속화될 것이고 자신이 선택한 직종과 다른 업종 간 융·복합되어 새로운 다양한 직업군이 생겨날 것이다. 우리가 현시대에 새롭게 탄생하는 직업을 잘 활용할 수 있도록 관련 새로운 정보와 지식을 꾸준히 습득하고 새로운 직업에 관한 인식과 관념을 수시로 개선해 나가도록 정신을 한 곳으로 집중해 노력한다면 반드시 성공할 것이다. 즉 보통 사람들은 현재 자신이 가지고 있는 직업에 얽매이지 말아야 한다. 특별한 학벌, 돈, 인맥 등 스펙이 없어도 꿈과 희망을 성취할 수 있는 길은 반드시 어디엔가 숨어 있을 것이다. 이들은 새로운 아이디어와 지금 존재하지 않거나 알려지지 않는 직업군을 적극적으로 찾아 나서기를 멈추지 않아야 한다. 자신이 선택한 직업이나 직장이 자신의 삶에 대한 목적과 가치에 맞지 않는다면 이것은 결코 좋은 직업이나 직장이라 보기 어렵다. 즉 남이 좋아하는 것이 자신에게도 좋은 것이 아니고, 겉으로는 좋아 보이지만 내면에는 자신의 이상과 맞지 않는 인간적 가치가 결여되어 있을 수 있기 때문이다.

보통 사람들은 가정·학교·사회·책 등 다양한 루트를 통해 배우고 보고 느끼면서 삶의 목적과 목표에 맞는 직업관을 올바르게 정립해 나가는 것이다. 그리고 이들은 자기 개성이나 적성에 맞는 학과를 선택해 장래 직업에 필요한 요구조건들을 하나둘씩 갖출 수 있도록 꼼꼼히 준비해야 한다. 이들은 처음부터 좋고 나쁨을 걸러내기보다는 일단 일할 수 있는 적절한 직장을 구해 일을 하면서 소속된 기관의 목표와 성과를 올리고 동시에 자아를 실현시켜 나간다. 또한 이들이 삶의 절실함과 일할 자세를 갖추고 새로운 직업과 직장을 찾는 노력을 끊임없이 한다면 학력보다 창의적이고 유연성을 요구하는 일자리를 주변에서 얼마든지 찾을 수 있는 것이다. 수십 번 아니 수백 번 신청한 구직활동 횟수만 헤아리지 말고, 매일 취업의 문을 열심히 두드리는 행위를 포기하지 않고 계속한다면 자신의 꿈과 희망을 성취할 수 있는 일자리는 어디선가 나타난다. 만약 이들이 새로운 일자리를 찾지 않고 기존에 있는 직업에만 의존하는 행위, 대학을 나왔다고 3D 업종을 회피하는 행위, 너무 허무맹랑한 꿈과 이상만 가지고 자기 수준에 맞지 않는다고 일자리를 걷어 차버리는 행위, 자신의 일자리가 없다고 불만과 불평만 늘어놓고 노력하지 않는 행위 등을 계속한다면 취업하기 어렵고, 지금과 같이 빠르게 변하는 무한경쟁 시대에서 살아남기도 더더욱 힘들어지는 것이다.

특히 현시대는 평생 다닐 수 있는 직장이 보장되어 있지도 않고, 직장이 단순 화폐와의 교환을 위한 경제적 수단으로만 인식되지도 않는다. 따라서 우리는 온전히 자신의 개성과 특기를 표현하고 본연의 인간적 가치를 찾으며 자신의 삶을 균형 있게 맞춰 나갈 수 있는 일자리를 꾸준히 찾아 나서는 것이다. 대부분 피지배계층인 보통 사람들은 생존을 위해, 자아실현을 위해 첫 직장이 자신의 이상에 맞지 않더라고 온 힘을 다해 일하면서 지속해서 새로운 지식과 기술, 재능 등을 연마해 나가는 것이다. 그러면서 우리가 종전보다 주변 형편이 조금 나아지거나 자신과 연관된 복잡한 문제가 해결됐다면 나이가 더 들기 전에 현재 일하고 있는 직업과 직장을 바꾸거나 개선시켜 보는 것이다. 그리고 또다시, 바뀐 직업이나 직장이 자기 개성과 적성에 맞고 삶과 일의 균형을 맞추면서 사회·국가에 공헌할 수 있는 직업인지 여유시간을 마련하여 또다시 고민해 보는 것이다. 즉 우리는 자신의 명확한 직업관에 관한 인식과 관념을 주변 여건에 맞춰 수시로 개선해 가면서 일하지 않은 것처럼 일하고 다스리지 않는 것처럼 다스리는 것(不治而治 無爲之治)이다. 이것이 평생 직업을 찾아 나서는 평범하고 소박한 삶을 추구하는 보통 사람들이 즐기며 행복하게 살아가는 삶의 과정인 것이다. 우리의 평생 직업과 직장은 자신과 가족의 생계를 유지하며 나만의 고유한 개성을 발전시켜 나갈 수 있는 것으로 가능한 외부 주변 여건에 흔들리지 않고 지속해서 성장 발전해 나갈 수 있어야 한다. 그래야 우리는 편안하고 만족한 삶을 이끌어 갈 수 있다.

한편으로 기업과 국가는 다양한 융·복합 최첨단 신기술과 인공지능 시스템 등을 사회 구성원 모두가 배우고 읽혀 잘 활용할 수 있는 구조를 구축해 나가는 데 많은 관심을 가져야 한다. 그리고 고용노동자들이 충분한 여가와 휴식시간을 마련할 수 있는 제도를 마련해야 한다. 경우에 따라서는 자신이 원하는 만큼 일할 수 있는 여건도 마련해줘 계층이동 사다리를 조기에 달성할 수 있는 노동시스템을 탄력적으로 운영하는 방법도 염두에 두어야 할 것이다. 기업과 국가는 피지배계층이 자신이 원하는 직업과 직장을 자유롭게 가지고, 삶의 균형을 맞추며 행복하고 즐거운 삶을 영위해 나갈 수 있도록 노력해야 한다는 것이다. 즉 모든 국민이 살기 좋은 복지사회구축과 일자리 창출은 개개인 노동자, 사업주, 정부가 다 같이 협력해 나가야 실현 가능한 것이다.

* 군계일학 (예서, 매화) *

결혼은 필요하다고 생각하는가?

자연계의 동·식물은 시간이 흐르면 어느 것이든 종족을 남기고, 자신은 자연의 품으로 돌아간다. 식물은 꽃을 피우고 열매를 맺어 씨앗을 남기거나 뿌리에서 줄기세포를 뻗어 종족을 유지해 나간다. 동물들은 알을 낳거나 새끼를 낳아 자연계의 균형을 맞춰 나가는 것이다. 인간은 아이를 낳아 자손을 이어가며 모든 동·식물과 함께 공존공영하면서 아름다운 자연계의 질서를 유지 발전시킨다. 우주의 대자연 속에 살아간다는 것은 인간을 포함한 모든 동·식물이 자신의 종족을 유지 발전시켜 나가기 위해 먹고 먹히는 약육강식의 과정, 그 자체를 인정하고 살아가는 것이 자연스러운 현상이다. 즉 자연계의 세계는 종족 유지력 또는 번식력에 의해 지속가능한 성장을 결정하는 기본 척도가 되는 것이다.

인간이라는 존재는 모든 동·식물 중 가장 이성적이고 합리적으로 생각하고, 자연이 주는 태양, 공기, 물, 대지를 함께 나눠

이용하며 기계와 도구를 창의적으로 활용할 줄 아는 만물의 영장이라 주장한다. 그러나 인간은 전체 우주의 일부분인 지구에 약 870만 종의 동·식물에서 티끌만큼 작은 생명들 중 하나인 것이다. 지구가 탄생한 이후, 자연 생태계의 생명체들은 진화를 거듭해오면서 종족수를 유지하고 번식시켜 왔으나, 앞으로 수천만 년 또는 수억 년이 지나면 어떻게 변할지 예측하기 어렵다. 그럼에도 불구하고 모든 동·식물들은 종족유지와 번식을 위해 자력갱생(自力更生)으로 노력하고 있다는 사실이다.

그렇다면 인간은 결혼해서 아이를 낳아 자손을 계속 유지할 것인가 아닌가에 따라 살아가는 방법이 상당히 다르게 전개된다. 결혼을 포기한 사람들은 자손유지라는 자연적 본능보다 자신만의 행복을 우선순위에 두고 행동하는 사람들이다. 이들은 요즘같이 각박한 세상살이 때문에 평생 동거동락(同居同樂)할 배우자를 만나기 어려워 결혼을 포기하거나 막상 결혼해도 자신감 있게 행복한 가족을 이끌고 나갈 자세가 준비되어있지 않아 아이 낳기를 포기한다. 또한 깊은 계곡이나 산속에서 은둔자로 정신수양을 수련하는 자연인, 신앙의 부름을 받고 독신으로 일생을 보내면서 봉사하는 신부와 수녀 또는 스님, 그리고 자신의 철학적 사상 등의 이유로 독신으로 산다. 대체적 이들의 생활 반경은 자유롭지만 때로는 먹먹함을 느끼게 하는 고독함, 뼛속까지 저려오는 외로움과 쓸쓸함을 이겨내야 하고, 불완전한 생활도 감수해야 한다. 특히 동성연애자, 트랜스젠더 등 성소수자들은 일반적인 사회적 풍습과 관행으로 인한 사회적 냉대와 냉소를 참아야 하고, 취업하거나 공적으로 활동할 때 제도적·행정적으로 미비한 사항들이 많아 일상생활에 불편을 겪기도 한다. 또한 이들은 기쁘고 슬픈 날, 아프고 괴로운 날, 춥고 배고픈 날에 혼자 견뎌내야 한다. 그러나 이것보다 더 힘든 것은 자신만을 위한 이기적인 생활방식 때문에 가족의 혈육관계까지 단절하는 아픔을 겪어내야 할 때도 있는 것이다. 이런 아픔을 감내하면서도 특별한 삶을 선택하는 것은 전적으로 개인의 성향에 따라 결정되는 사항이다. 우리는 이것을 적극적으로 권장할 것은 못 되지만 나름대로 이들의 삶을 그대로 인정해 주어야 한다. 이런 삶은 자연적인 자손유지 본능보다 자신만의 삶을 더 중요하게 여기는 이기적인 행동이지만 이 역시 자연 생태계와 함께 살아가는 방법 중 하나이기 때문이다.

반면에 우리가 인류발전과 자손유지를 위해 정상 결혼이든 계약 결혼이든 아기를 낳아 키우기로 결정하였다면 자연계에 조그마한 공헌을 시작한 것이다. 대부분 보통 사람들은 자손을 계속 유지하기 위해 남자와 여자가 만나 성관계를 갖고 아이를 낳아 가족을 꾸려 나간다. 현대사회는 생명공학 기술발전으로 시험관 아기와 복제 인간을 가질 수도 있다. 시험관 아기는 체외수정 및 배아 이식을 거쳐 시험관이나 배양 접시에 수정 배양한 후, 이것을 다시 여성의 자궁내막으로 이식하는 방법이다. 복제 인간은 인간배아로부터 줄기세포를 추출하여 아이를 낳는 방법으로 사회적 큰 이슈로 대두되고 있다. 그러나 우리가 아이를 낳는 것도 중요하지만 이들을 어떻게 양육하여 가족과 사회, 세계 인류발전에 필요한 인물로 성장 발전시켜 나갈 수 있도록 길잡이 역할을 잘해 주느냐가 매우 중요하다. 만약 인간이 전쟁, 경제침탈, 테러 등 악의적인 행위를 매일 반복적으로 서로 죽이고 싸우는 데 많은 힘을 쓰거나 자신만 풍요롭고 화려한 삶을 살고 이등, 삼등 또는 꼴찌는 소외시키거나 짓누르는 사회를 만든다면 미래의 꿈과 희망은 절망적일 것이다. 결국 인간은 이 지구상에 존재하지 않는 공룡과 같이 언젠가는 사라지게 되기 때문이다. 그러므로 우리는 결혼에 대한 풍습, 관념, 견해를 청년 시절부터 명확히 이해하고 정립시켜 나가야 한다.

결혼 풍습은 주변 여건과 시대가 바뀜에 따라 많이 변해왔다. 원시시대(B.C 13세기 이전)에는 모계사회의 공동체 생활로 부락과 부족연맹이 생겨 동물적인 종족 번식 유지행위로 단순하게 여겨졌다. 고대시대(B.C 13세기~A.D 5세기)에는 원시적인 미개 상태에서 문명 상태로 바뀌면서 중앙집권적 지배체제인 국가가 형성되고 노예제도와 사유재산제가 생겨났다. 이때부터 태어난 성분에 따라 남녀를 선택하는 결혼제도가 탄생하게 된 것이다. 중세시대(A.D 5세기~15세기)에는 모계사회에서 부계사회로 전환되어 가부장제(家父長制)를 낳게 하고 동양의 유교적 결혼관과 서양의 남존여비 사상으로 번져 여성을 남성의 소유물로 여겼던 시대도 있었다. 20세기는 일부일처제 중심으로 남녀 간의 자유연애가 유행하였고, 여성주의자들은 결혼 개혁요구와 여성의 권리를 강하게 주장하는 형태로 변해왔다. 그래서 영국, 독일, 프랑스 등 서유럽 지역을 중심으로 출산은 반드시 혼인 신고하는 결혼으로 바로 연결되는 것이 아니라 혼인 신고 없이 동거하면서 혼외 출산하는 숫자도 증가하였다. 이런 현상은 다른 나라까지 확산되었고, 결혼은 반드시 일생 동안 결합된 가정을 이끌어가야 한다는 사회적 관념은 점점 약화돼 왔다. 21세기 현재 결혼은 선택사항이고, 결혼해도 아기를 낳지 않는 현상이 조금씩 늘어나는 추세에 있다. 그렇지만 아직까지도 2019년 세계 출산율은 2.42명이므로 세계인구는 77억 1천명으로 계속 증가하고 있다. 세계인구는 2020년 78억 명에서 2050년 100억 명에 도달할 것으로 예상되어 인구 문제와 환경 문제가 심각해지고 있다. 이에 반해 우리나라는 2019년 출산율 0.92명으로 세계 출산율(2.42명)과 OECD 평균 출산율(1.65명)보다 훨씬 뒤져 있어 사회·경제적인 주요 정책과제 하나로 부각되고 있다. 이것은 보통 인구를 계속 유지하기 위해 필요한 출산기준(2.1명)과 초(超)저 출산기준(1.3명)에도 못 미치는 것이다.

우리가 결혼하기로 삶의 방향을 결정하였다면 결혼할 수 없는 핑계 또는 이유를 달지 말고 가능한 결혼 정년기를 넘기기 않도록 노력하는 것이 좋다. 즉 우리가 결혼하고 싶다면 경제적 부담, 육아와 직장 문제, 종교적인 갈등 등을 모두 완벽하게 맞춰야겠다는 생각보다 일단 결혼해 살아가면서 서로 마음을 활짝 열고 부족한 부분을 한 가지씩 해결해 나가겠다는 적극적인 마음가짐을 갖는 것이 좋다. 모든 것을 완벽하게 갖춘 사람은 이 세상에 신이 아닌 이상 결코 존재하지 않는다. 그러므로 결혼 정년기에 도달한 사람들은 서로 조금씩 부족한 부분을 상호

보완해 주며 살아가는 마음가짐을 갖고 차일피일 결혼 시기를 미루는 것보다 조금 일찍 결혼하는 것이 훨씬 나은 것이다. 왜냐하면 일찍 결혼한 사람들은 경제적·사회적 기반을 빨리 확보하는 데 유리하고, 앞으로 닥칠 자녀의 교육·결혼 문제 등도 생각하며 조금 더 검소하고 절제 있는 생활을 배워 나갈 수 있는 기회도 많아지기 때문이다. 또한 머지않아 찾아오는 노후 준비도 여유롭게 준비할 수 있게 된다. 대부분 보통 사람들은 정상적인 결혼을 통해 영원한 배우자를 만나 행복한 가정을 꾸리고 아이를 낳아 자자손손으로 세대가 끊이지 않고 영원히 이어지기를 바라는 원초적인 자연 본능을 가지고 있는 것이다.

그렇다고 아무런 마음 준비와 대책도 없이 무작정 결혼하는 것은 다시 한번 생각해 봐야 할 중요한 문제이다. 결혼 문제는 자신의 전체 삶 중 3분의 2에 해당되는 약 오륙십 년 동안 한 울타리 안에서 가족이 함께 편안하고 행복한 생활을 유지해야 하므로 긴 안목을 가지고 결정해야 한다. 가정생활은 결혼하는 순간부터 자신만을 위한 자아성취 문제가 아니라 배우자와 자녀, 가까운 가족 문제까지 복잡하게 얽히고설키게 되는 것이므로 심사숙고해야 한다. 러시아 속담에 이런 말이 있다. '싸움터에 나갈 때는 한 번 기도하고, 바다에 나갈 때는 두 번 기도하라. 그리고 결혼할 때에는 세 번 기도하라.'는 것이다.

자신의 결혼관이 여러 주변 여건을 고려하여 확립되었다면 영원한 배우자를 어떤 기준을 가지고 선정할 것인가? 고민해 보는 것이다. 배우자 선정항목은 살아오는 성장과정에서 형성된 가정문화, 습관, 성격, 건강상태, 종교, 연령, 학력, 재력, 인생관 등을 면밀히 살펴봐야 한다. 배우자 선정항목의 우선순위는 자신의 위치와 수준을 먼저 정확히 분석 판단해 결정하는 것이 중요하다. 항목별 평가기준은 1점에서 10점까지 계량화하여 어느 정도까지 자신이 받아들일 수 있는 것인지 기준을 미리 정리해 두는 것이 좋다.

보통 남녀 간 만남이 결혼으로 연결되기 위해서는 평상시 생각하고 있던 이상형을 찾는 것보다 현실적으로 실현가능한 기준을 60%에서 80% 이내에서 정하는 것이 결혼으로 발전할 가능성이 높아지는 것이다. 자신의 이상형에 못 미치는 20~40% 부족한 것들은 서로 보완해 주며 살아가는 과정에서 채워나가도록 노력하는 마음가짐을 갖는 것이 바람직한 생활방식이다.

만약 엉뚱한 허영심에 들떠 평가기준을 너무 높게 잡으면 결혼하기 힘들어질 뿐만 아니라 막상 결혼에 성공해도 살아가는 과정에 서로 수준 차이가 많이 나서 말다툼이 잦아지고 부족한 점을 채워나가는 데도 한계를 느껴 정상적인 가정을 이끌어나가기 어렵게 된다. 특히 높은 수준 차이는 자녀를 애지중지(愛之重之)해 키워 온 양가 부모 마음을 충족시키지 못함으로 인해 사돈 간 서로 왕래할 가능성이 작아지고 부부관계도 서먹서먹해지는 것이다. 즉 결혼 상대자는 자신의 현 위치와 수준에서 평균 60% 이상 비슷하고 자주 만날 수 있는 가까운 곳에 있어야 서로 필요한 정보를 자주 교환하며 생활할 수 있다. 그래야 이들은 자연스럽게 감정을 나누며 상대방의 장점에 대한 호감과 매력을 느끼고, 부족한 점은 부담 없이 서로 보완하며 약 오륙십 년 동안 영원한 동반자로 행복하고 보람된 삶을 살아갈 수 있는 것이다. 즉 자신의 분수에 맞는 사고와 삶의 태도를 가진 비슷한 사람들끼리 만나는 것이 가장 잘 어울린다(野鼠之婚)는 것이다.

우리는 주변에서 동·식물들의 작은 새끼 또는 새싹을 보면 "귀엽고 아름답다."라는 생각을 해 보지 않았는가? 탄생은 정말 아름답고 신기한 것이다. 이것은 작은 호수에서, 어항 속에서 헤엄치고 있는 새끼 물고기와 열대어, 동물 농장이나 집에서 갓 태어난 강아지, 원숭이, 토끼, 그리고 숲속의 오솔길을 걸으며 낙엽 사이로 얼굴을 내미는 새싹, 나무뿌리 사이로 자라는 어린 나무들을 보면 느낄 수 있다. 특히 우리 아이의 탄생은 인류의 축복이고 가족에게 많은 행복과 기쁨을 준다. 남녀가 만나 결혼하거나 동거하여 태어나는 아기의 탄생은 정말로 신비하고 형언할 수 없이 아름다움 그 자체인 것이다. 즉 이것은 하늘이 인간에게 준 크나큰 행운인 것이다. 왜냐하면 자녀들이나 손자들은 성장하면서 가족에게 주는 재롱과 귀엽고 깜찍한 행동으로 부모 또는 조부모들이 안팎으로 겪는 모든 시름과 걱정을 한 방에 없애 주기 때문이다. 이것은 말과 언어로 표현할 수 없을 정도로 사랑스러우며 탄복할 만큼 아름다운 것이다.

부부는 아름답고 사랑스러운 아이를 낳아 어떻게 관계를 유지해야 행복하고 즐거운 삶을 살아갈 수 있는 것인지 고민해야 한다. 부부관계는 자신들의 문제뿐만 아니라 자녀들의 가정교육 문제에도 막대한 영향을 미칠 수 있기 때문이다. 그러므로 부부는 원만한 관계와 편안한 가정 분위기를 지속해서 유지할 수 있도록 서로 노력하는 것이 매우 중요하다. 또한 이들은 자녀들에게 가능한 말보다 행동으로 솔선수범하면서 부족한 면을 상호보완해 주고, 조금씩 다른 생각, 생활환경, 습관 등을 서로 이해하고, 양보하고, 포용하는 것이다. 왜냐하면 부부는 제각기 서로 다른 가정환경에서 성장해서 성격이나 감정, 경제여건, 가족문화, 풍습 등 많은 부분이 상이하기 때문이다.

부부가 한 울타리 안에서 공동체 생활을 하다 보면 자랄 때 생긴 습관이나 관습이 달라 서로 갈등을 유발할 수 있다. 이들은 서로 다른 문화 속에 형성된 사고방식 등을 서로 이해하고 존중해 주면서 받아들이는 데 많은 시간이 필요하다는 것을 알아야 한다. 남녀역할은 영유아기 때부터 성장하는 과정에서 오래된 가족의 관습이나 풍습, 가까운 친척, 학교를 통해 제각각 배워왔기 때문이다. 이것은 시대 변화에 따라 그 시대의 사회적 학습과정에서 형성된 것이지만 고정된 것이 아니라 가정문화에 따라 끊임없이 변해 왔다. 한때는 여성이 가족의 생계를 이끌어 가는 모계사회로 발전해 왔고, 또 다른 한때는 남성이 가족의 생계를 이끌어 가는 부계사회로 발전해 왔다. 그러므로 이것은 현시대의 상황에 맞게 변화시켜 각자 지켜야 할 본분을 잘 가려

내서 행동해야 가정의 평화를 지속해서 유지할 수 있는 것이다. 서로 장점은 적극적으로 칭찬해 주고, 단점은 보완해 주며 행복한 삶의 의미를 하나둘씩 차근차근 채워나가야 가정의 평화가 지속해서 유지된다.

부부가 자녀를 낳아 키운다는 것은 자신의 피와 사상을 후손에게 자신의 고유성을 일부분 물려주는 것이다. 즉 이것은 자연의 이치에 따라 자녀를 통해서 또 다른 세상을 재창조할 수 있는 유일한 기회를 갖는다. 그러므로 결혼은 아주 순수하고 거룩한 마음으로 받아들이는 것이 좋다. 결혼해서 자자손손 대를 이어가는 행위는 하늘이 인간에 준 자연의 크나큰 선물이고 축복인 것으로 받아들이는 마음가짐이 매우 중요한 것이다.

* 수신제가치국평천하 (초서, 대나무) *

IV

한 지붕 밑에 누구와 함께 살 것인가?

가족은 개인과 사회의 중간 위치에 속하는 것으로서 배우자, 부모, 자녀, 형제자매, 조부모 친족 간에 서로 돌보고 정서적·정신적으로 가장 친밀한 관계를 유지할 수 있는 구성원으로 이루어진다. 가족의 기능은 혼인을 통해 부부가 법적·사회적으로 성적(性的) 질서가 유지되고, 자녀들을 부양애호(扶養愛護)하는 본질적인 기능 이외에 성별 역할, 자녀출산, 교육, 종교, 휴식, 경제적·정서적·정신적인 것들을 각자 맡은 의무와 책임을 분담해 제각기 개개인의 욕구를 충족·조정하는 생활을 가족 구성원들과 함께 협력해 나가는 것이다. 가족의 규모는 가까운 혈연관계에 있는 구성원들의 생활 공동체를 어느 누구와 함께 사느냐에 따라 한 가정을 이루는 규모가 결정된다.

가족의 형태, 구성원, 역할, 개념에 대한 관념은 산업화와 개인화로 인해 계속 빠르게 개방적인 형태로 변해 가고 있는 것이다. 현대사회는 가족과 가정의 구별이 점차 모호해져 유사한 개념으로 보통 사용되어지고 있다. 가족과 가정을 굳이 분류하자면 가정은 주변 환경을 포함하는 조금 더 넓은 의미로 사용되는 것이다. 우리나라의 가족 형태는 시대가 바뀌면서 많은 변화가 있었다. 신라시대에는 조부모, 부모, 형제, 자녀, 손자를 포함하여 딸, 사위, 처부모도 함께 사는 대가족단위가 많았다. 고려시대에는 직계가족과 처가가족을 함께 사는 양변적 방계가족형태인 대가족제도가 신라시대보다는 적고 조선시대보다는 많았다. 조선시대에는 부부와 장남 또는 장손으로 이어지는 직계가족의 대가족단위가 많아졌다. 또한 서구적인 핵가족은 아니지만 부부가족끼리 사는 소가족단위가 대가족단위보다 조금씩 많아지는 경향이 나타났다. 근·현대시대에는 산업화와 도시화의 진전에 따라 전통적인 직계가족의 대가족단위는 점차 줄어들고, 부부가족 단위로 구성된 소가족단위가 많아졌다. 최근에는 독신, 계약결혼, 혼외동거, 국제결혼 등으로 가족단위가 서구적인 핵가족으로 점점 더 작아지고, 가족에 대한 관념도 과거보다 훨씬 더 복잡하고 다양하게 얽히고설켜 부부간, 부자간, 세대간, 다문화간 갈등으로 번져 큰 사회문제가 되었다. 현재 가족의 형태는 가족이 함께 살지 않는 기러기가족, 먼 지역에 직장을 가지고 있어 주말에만 만나는 주말가족, 재혼가족, 한 부모가족,

조손가족, 동거, 입양가족, 국제결혼가족, 동성애가족, 다문화 가족 등 다양한 형태로 나타나고 있다.

가족의 구성원은 과거와 같이 태어나면서 한 울타리에서 생활하는 공동체 생활과는 달리 부모와 자녀로 구성된 소단위의 가족 또는 단독 가족 형태로 쪼개져 생활하는 경우가 많다. 즉 과거에는 여럿이 모여 사는 공동체 가족생활 속에 일과 결혼, 출산, 양육 문제들을 서로 상의하고 협력하며 책임과 의무를 분담해 살아왔다. 현재는 개인 소단위로 쪼개진 가족생활로 인해 자신의 삶을 스스로 능동적으로 기획하고 책임지는 부담이 늘어난 대신 주변 사람들로부터 구속이나 간섭을 덜 받고 자유롭게 생활할 수 있다.

가족의 역할은 아이를 낳아 키우는 과정에서 자녀들에게 남자와 여자가 제각기 행해야 하는 기본적인 역할을 오랜 관습과 문화로 자연스럽게 전수해 왔다. 조부모, 부모, 자녀, 손자 등으로 구성된 대가족제도하에서는 가정에서 형제간의 우애, 성별 역할과 기능을 어른들의 언행을 보고 들으며 배웠다. 즉 형제는 깊이 서로 아껴주고(孔懷兄弟), 부모의 같은 기운을 받은 한 나무의 나뭇가지와 같은 것(同氣連枝)으로 받아들였다. 남자는 가부장적 사회적 고정관념에 따라 밖에 나가서 좋은 직업을 구해 돈을 많이 벌어 와야 가족의 안위와 행복을 지킨다는 생각을 가지고 있었다. 그래서 남자는 성장하는 과정에서 로봇, 자동차, 총 등을 가지고 놀며 육체적·물리적으로 강인하게 힘을 행사하는 놀이기구를 통해 학습하며 자란다. 이들은 지배적인 본능으로, 권력에 대한 강한 의지로 다른 이들보다 강해지기 위해 힘을 키워 나가는 놀이를 주로 즐겼던 것이다. 반면에 여자는 인형, 소꿉놀이, 블록놀이 등을 하며 아이를 낳아 집 안에서 아이들을 돌보는 행위나 양육하는 역할을 주로 학습하며 자랐다. 그래서 여자는 전쟁이나 힘에 의한 갈등 또는 대립보다는 사회 병폐를 치유하는 실용적이고 현실적인 측면에 관심을 더 많이 갖고 놀기를 좋아하는 것이다. 최근에는 성별역할에 대한 교육도 소단위 가족이 많아져 가정보다는 학교 또는 단체 등을 통한 성교육을 받는 경우가 많아졌다. 결국 사회적 분위기가 많이 변해 여자도 밖에 나가 좋은 직업을 갖고 돈을 벌어 오거나 육체적 활동을 많이 하게 되었다. 여성은 군인, 경찰, 경영, 정치, 문화예술 등 다양한 분야에 진출해서 가족의 생계를 적극적으로 지원해 주고 있는 것이다. 남성은 아이들을 돌보는 가사보조원 또는 가정주부 역할을 하거나 환자들을 돌봐주는 간호사 또는 간병인 등으로 활동하는 것을 즐기는 경우도 드물지 않게 되었다. 따라서 성별 역할은 과거의 고정관념이 허물어지거나 탈피하는 사회적 분위기가 빠르게 형성되어 가사 부담과 경제적 책임이 남녀평등으로 변해 가고 있는 것이다.

우리의 역할은 성장하는 과정에서 자녀로, 부모로, 조부모로 자신의 위치가 변하면서 역할이 달라진다. 자녀로서의 역할은 어른을 공경하면서 학업에 열중하여 좋은 직업과 직장을 잡아 독립심과 경제적 자립심을 키워 나가는 것이다. 자식은 가족 간의 친밀한 대화를 통해 부모, 조부모 말씀을 경청하고 자신의 생각과 견주어 보면서 받아들일 것과 참고할 것을 구별하는 능력을 키워 나간다. 이들은 스스로 삶에 대한 목적과 전공학과, 직업 등을 심사숙고하여 진로방향을 설정하고, 꿈과 희망을 성취하기 위해 공부를 열심히 하는 것이다. 부족한 부분은 부모, 조부모 또는 가까운 지인들로부터 자문을 구하거나 책을 통해 보완해 나가는 방법을 배워나가는 것이다.

부모로서 역할은 아이를 낳아 양육하면서 올바른 사람으로 성장할 수 있는 경제적·물질적·정신적·정서적으로 만족할 만한 주변 여건을 확립하고, 모범적인 일상생활을 솔선수범하여 화목한 가정 분위기를 조성하는 것이다. 또한 이들은 가족 구성원 간 대화와 소통이 편안하고 부드럽게 이루어지도록 만드는 중추적인 역할을 한다. 부모와 자식 간에는 살아가야 하는 이유, 공부를 열심히 해 좋은 대학을 가야 하는 이유, 자신이 좋아하는 평생 직업을 선택하는 방법, 영원한 배우자를 선택하는 문제, 일과 취미생활을 고르게 유지하여 삶의 균형을 맞춰가는 방법 등을 자연스럽게 이야기를 나눌 수 있도록 유도한다. 이런 대화와 소통시간을 마련하는 것은 가족 구성원 모두가 공부·직장·가사 일을 잠시 멈추고 대화시간을 만들도록 서로 노력해야 가능한 것이다. 부모는 강압적이거나 억압적인 방법으로 자신이 살아 온 방식을 그대로 자녀가 따라 해 주거나 행동할 것을 요구하는 것은 가능한 자제해야 한다. 자녀들의 삶은 독립적인 인격체로 자기 스스로 성장 발전해 나가야 하는 것이기 때문이다. 부모는 삶에 정답도 없고 명확한 스승도 없다는 것을 인식하고, 자녀의 삶을 나쁜 길로 빠지지 않고 올바른 길로 이끌어 갈 수 있도록 지도 격려해 주는 길잡이 역할로 만족해야 한다. 그러므로 부모는 가능한 자녀의 얘기를 정성껏 경청해 주고, 말보다는 행동으로 보여주는 것이 바람직한 생활태도이다. 즉 이들은 자녀에게 명확하지 않은 것에 대해 어설프게 질책을 하거나 방향 제시해 주는 행위를 자제해야 한다. 또한 부모는 자녀의 한계를 뛰어넘는 학업성적 또는 학과, 직장 등을 무리하게 주문하지 않는 것이 올바른 지도방법일 것이다.

조부모가 되었을 때는 기본적인 의식주를 스스로 해결하고, 잘 먹고, 잘 자고, 배변활동을 잘 할 수 있도록 자신의 몸과 정신을 건강하게 유지관리 해야 한다. 그리고 이들은 성숙한 어른으로 고상하고 아름답게 익어가는 모습을 한 울타리에서 공동생활하는 가족 구성원들에게 모범적으로 보여주는 것이다.

모범적인 가족모델은 가족에 대한 사회적 관념이 변함에 따라 많이 변화해 왔다. 1960년 이전에는 결혼한 부부가 행정기관에 법적 결혼 신고하고 자녀를 한두 명 낳아 키우는 것이 전체 국민의 80% 이상 전폭적인 지지를 받는 정형적인 가족모델이었다. 이 모델은 자녀가 정상적 교육을 받고 자신이 원하는 직업을 구해 사회생활하며 배우자를 만나 결혼할 때까지 지원해 주는 것이 우리나라의 일반적인 현상이었다. 그러나 지금 21세기에는 서구지역이나 미국에서 나타나고 있는 현상과 같이 변해가고 있다. 결혼과 자녀를 낳아 키우는 것은 의무사항이 아닌 선택사항으로 변해 훨씬 자유로워지고 덜 억압적인 것이 되었다. 이것은 더 나아가 싱글, 동거, 동성연애가 생기기도 하는 것이다. 결혼을 통한 가족생활은 다양해지고, 결혼 정년기는 점점 늦어지고 있다. 결혼해도 아이를 낳지 않는 부부가 늘어남에 따라 저 출산문제는 사회 구성원 감소로 이어지고, 이혼율은 증가하여 국내의 가장 큰 사회문제로 대두되었다. 결국 우리나라는 경제 활동이 왕성한 청소년들은 줄어들고 경제 활동이 적은 노인들은 많아져 이미 2017년도에 고령사회로 변했고, 머지않은 2026년도에 초고령사회 진입할 것으로 예상돼 국가 경제적·사회적 위험부담은 점점 더 늘어나고 있는 실정이다.

가족은 사적이고 독립적인 자율성이 상당히 높은 영역에 속하면서도 국가의 통치 기능과도 밀접한 관계를 유지하고 있다. 그러므로 우리는 가족에 대한 자신의 견해와 의견을 평상시 명확히 정립해 두는 것이 바람직하다. 가족관이란 한 지붕 밑에 있는 테두리 안에서 어른을 공경하고, 부부간, 부자간, 형제간 또는 고부간의 사랑과 정(情)으로 이루어진 화목하고 행복한 가정을 잘 이끌어 갈 수 있는지를 판단하는 기본 잣대가 되는 것이기 때문이다. 평범한 보통 사람들이 추구하는 즐겁고 행복한 가족상은 자신의 몸과 마음을 닦아 평생 같이 동고동락(同苦同樂)할 배우자를 만나 결혼하여 아이를 낳고, 한 가정에서 같이 생활하는 가족 구성원들끼리 서로 도와 올바른 길로 갈 수 있도록 인도하며 이끌어 주는 것이다.

가족이 함께 어울려 생활하는 가정은 항상 편안하고 휴식을 취하는 공간이 되도록 가족 구성원들이 함께 노력해 나가야 한다. 자녀들은 집 밖에서, 학교에서 친구들과 다투어 상처가 나거나 선생님 또는 어른들로부터 꾸지람이나 꾸중을 들었을 때 스트레스를 해소할 수 있는 피난처가 집이라는 인식을 갖도록 만들어주는 것이 중요하다. 가족 구성원 중 한 사람은 위로하고 얼러주고 함께 놀아줘야 한다. 청소년들은 자신의 의견이 무시당하거나 친구들로부터 왕따를 당하면 마음이 많이 상한다. 그리고 이들은 사춘기의 마음 갈등과 학업성적으로 인한 고민 등 가슴속 깊이 쌓여 있는 많은 문제를 해결할 수 있는 능력이 어른보다 부족하다. 그래서 가족 구성원들 중 누군가 고민거리를 잘 들어주지 않거나 해결점을 찾아 주지 못한다면 친구 집이나 노래방, PC방으로 전전하게 된다. 이런 상태가 누적되면 불량아 또는 외톨이로 성장하여 우리가 바라는 올바른 사람이 되기가 점점 더 어려워진다. 이것은 어느 부모 또는 조부모, 형제자매가 바라는 올바른 길이 절대 아닐 것이다.

더불어 가정은 학교 또는 사회생활에 필요한 독립심과 자립심을 자연스럽게 배울 수 있는 장소가 되어야 한다. 가족 간의 자신이 지켜야 할 책임과 의무, 자신의 삶을 스스로 기획하고 이끌어 갈 수 있는 자세는 가족 구성원들로부터 편하고 자연스럽게 보고 배워 나가는 것이다. 일상생활에 필요한 경비는 누가 어떤 과정을 거쳐 돈을 벌어 오고 있는지? 어느 곳에 얼마를 사용하여 전 가족에게 골고루 유용성 있게 활용되고 있는지? 가족 구성원 모두가 개략적으로 가정살림에 필요한 경제적 흐름을 서로 알고 지내는 것이 좋다. 그래야 가족 구성원들은 개인별 씀씀이를 절제하고, 용돈을 절약하는 검소한 습관이 몸에 배는 것이다. 자녀들은 자신이 착한 일이나 생일 선물, 명절 세뱃돈, 장학금, 알바 등을 통해 획득한 돈으로 구입한 장난감, 놀이 기구들과 부모가 열심히 땀을 흘리며 일해서 획득한 집, 가구, 생활용품들이 누구의 소유인지를 명확히 구분할 줄 아는 자세를 배워 나가도록 한다. 자녀들에게 경제적 자립심을 키우는 지름길은 돈을 버는 방법보다 쓰는 방법을 먼저 가르쳐 주는 것이 바람직한 생활태도이다. 또한 부모는 휴지 한 장이라도 적게 사용하는 모습, 수돗물을 필요한 양만큼만 틀어 사용하는 자세, 깨끗이 사용한 물은 화초 등에 뿌려 재사용하는 모습, 불필요한 전등이나 사용하지 않는 가전제품 전원을 끄는 모습 등 일상생활 속에서 모범적으로 자녀들에게 보여줘 절약 정신이 몸에 익히도록 한다. 특히 음식물은 가능한 먹을 만큼만 요리해 먹어 음식물 쓰레기가 적게 나오도록 하는 것이 좋다. 하루에 약 10만 명이 한 끼도 제대로 먹지 못해 굶주려 죽어가는 사람들과 영양실조를 겪고 있는 사람이 약 8억4천만 명을 달한다는 사실을 이해시키는 것이 좋다. 우리가 이런 기아문제를 생각하며 식자재를 알맞게 사용하는 습관을 몸에 익숙해지도록 노력해 나가는 것이다. 자녀들은 부모 또는 조부모들이 솔선수범하는 이런 생활을 보고 경제적 자립심과 독립심을 키워 나간다.

보통 사람들의 즐겁고 행복한 가족생활은 현시대에 걸맞게 가족 구성원들과 대화를 통해 서로 보듬어 주고, 이해하며 돌봐주고, 사랑하며 배려해 주는 가운데 자연스럽게 형성돼 윤택해

지는 것이다. 그러면서 우리는 자신의 삶을 스스로 기획하고 올바르게 선택 결정하는 지혜를 배워 나가는 것이다. 현시대는 선택의 자유가 넓어지고 억압이 덜어지는 대신 사회현상을 명확히 판단 분석하여 자기 스스로 모든 것을 선택 결정해야 하는 책임이 따르는 것이다. 그러므로 우리는 스스로 책임지는 안목을 키워 나가는 능동적이고 낙천적인 삶의 자세를 갖춰나가야 한다. 우리가 누구와 함께한 지붕 밑에 살 것인가? 배우자와 가족 구성원들이 어떻게 오륙십 년을 편안하고 행복한 삶을 즐겁게 이끌고 갈 것인가? 하는 문제를 스스로 찾아야 한다. 지금은 정상적인 가족 또는 모범적인 가정 모델은 점점 모호해지고 사회적 규범과 관념도 계속 변해감으로 이에 대한 정답도, 정해진 모델도 없다. 결국 우리는 개인별 삶의 방향을 스스로 선택하고 책임지며, 홀로 고민하고 결정해 나가야 하는 부담과 압력을 받으며 자신감을 잃지 않고 당당하게 살아가야 하는 것이 현실이다. 따라서 새로운 가족 모델은 사회 통념상 상식을 벗어나지 않는 범위 내에서 제각기 자신의 위치와 수준에 맞게 창조해 나가야 한다. 보통 사람들은 스스로 선택 결정한 것에 대한 책임감과 부담을 자신의 어깨에 짊어지고 헤쳐 나가는 것은 어쩔 수 없는 것이다.

특히 요즘은 불안정한 고용실태와 불규칙한 노동시간, 세계화에 따른 직장과 가정생활의 이중성, 육아 교육에 필요한 후생복지시설이 부족하고 정책이 불안정한 상태에서 평생 규칙적인 직장생활을 하거나 안정된 직업을 가지고 한 지역에 정착하여 생활하기란 정말 어렵다. 즉 한 곳에 10년 이상 정착해 사는 것은 점점 더 어려워지고 있는 것이다. 그렇다고 우리가 이것을 견뎌내지 못하고 정상적인 가족생활 모델 찾기를 포기한다면 삶에 무슨 의미가 있겠는가? 부부는 변하는 사회관습에 맞게 서로 합심해 현실을 극복해 나가는 방법을 반드시 찾아내야 하는 것이다.

여성들의 경제활동 참여는 국내에서도 점점 늘어나고 있다. 종전의 가부장제적 가족생활은 성별분업관계로 전환되고, 성별역할은 수평적·민주적인 관계로 변해가고 있는 것이다. 즉 여성의 권리의식이 조금씩 향상됨에 따라 자녀양육과 가족 생계유지에 대한 여성의 주도권도 커졌다. 가정 또는 사회에서 남자와 여자의 역할은 평등해지고, 가족을 구성하는 요건도 다양화되고 있다. 이런 사회적 변화 속에 가정은 가장 가까운 혈연관계에 있는 가족들이 공동으로 생활하는 편안한 장소로, 서로 돌보고 포용해 주는 안식처가 되어야 한다. 또한 가정은 정서적·정신적으로 편안하고 안정된 분위기로 치유 받을 수 있는 피난처 역할을 할 수 있도록 구성원 모두가 노력해야 하는 것이다. 그리고 국가는 가정이 사적으로 독립된 자유로운 공간이 될 수 있도록 법률적·제도적으로 보장해주고 보호할 수 있도록 정책을 개발해야 한다. 사회와 국가는 인간이 태어나서 죽을 때까지 약 백 년 동안 생존을 위해 편안하게 살아갈 수 있는 기본적인 돌봄과 교육책임을 가정에 전적으로 맡기지 말고, 일부 전담하는 체제와 제도를 구축해 나가는 것이다. 즉 우리는 남녀평등 문제와 삶의 가치관 확립 문제 등을 해결할 수 있도록 정서적으로 건강한 가족 구성원의 결속과 사회공동체의 유대관계를 강화시켜야 한다. 또한 인간의 존엄성과 도덕성, 자연 생태계 보전에 대한 경외심을 다양한 방식으로 복원시켜 나가야 한다. 그럼에도 불구하고 결국 우리는 한 지붕 밑에 누구와 함께 평생 살아갈 것인가? 하는 문제에 대한 자신의 견해와 의견을 명확히 확립해 나가는 것은 전적으로 개인의 몫이다.

여러 형태의 가족들이 모여 사는 가정은 개인의 보금자리인 한 지붕 밑에 가족 구성원들끼리 기쁨과 노여움, 슬픔과 즐거움을 함께 나누며 대부분 성장한다. 아주 사소한 일부터 중요한 문제까지 가장 편하고 자유롭게 상의하고 도움을 받을 수 있는 사람은 선생님이나 가까운 지인뿐만 아니라 수대(數代)에 걸쳐 조상의 피를 나눈 가족이고 형제들인 것이다. 한 가족이 생활하는 가정에서 아낌없이 받는 부모 또는 조부모의 사랑, 형제자매간의 우애 등은 사회생활에서 얻을 수 없는 그 무엇이 있는 것이다. 즉 혈육으로 뭉쳐진 가족의 힘은 어떤 어려움과 고통에도 흔들리지 않고 참고 이겨내는 마력과 믿음이 있기에 어렵고 힘든 사회 속에서도 삶을 포기하지 않고 당당하고 떳떳하게 살아갈 수 있는 것이다.

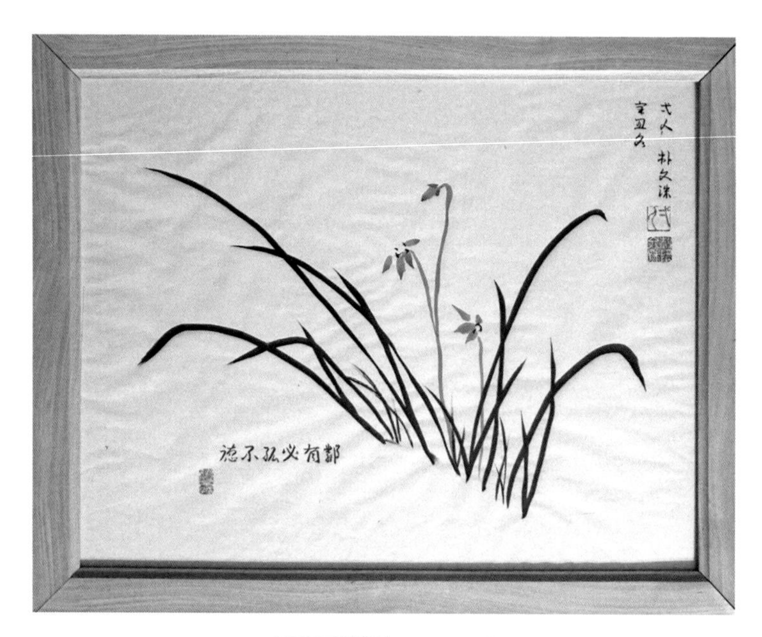

* 덕불고필유린 (초서, 난꽃) *

V

어떤 취미로 삶의 균형을 맞출 것인가?

취미생활이란 먹고 살기 위해 전문적으로 일하는 것이 아니라 즐거움과 행복감을 얻기 위해 좋아하는 일을 지속해서 할 수 있는 것을 말한다. 즉 이것은 아름다운 대상을 감상하고 이해하며, 자신이 하고 싶은 일에 감흥이 저절로 느껴져 마음이 당기거나 와닿는 멋을 찾아 땀을 흘리고 날밤을 지새워도 지겹거나 힘들어 하지 않는 일들이다.

취미생활의 역할은 자신만의 즐거움과 행복한 삶을 제공하고, 틀에 박힌 일상생활 속에 쌓인 스트레스를 해소할 수 있는 탈출구 역할을 한다. 또한 이것은 자신의 존재 가치를 되돌아보며 자기 계발을 통해 삶의 균형을 맞춰나갈 수 있는 나만의 시간을 만들어 주는 중요한 활력소 역할도 한다. 삶의 균형을 맞춰 나가기 위해서는 가정·직장·취미생활을 적절히 병행해야 다양한 갈등 등을 치유할 수 있는 길이 열린다. 즉 취미생활은 요람부터 무덤까지 일상생활에 필요한 새로운 지식과 정보를 끊임없이 밤낮으로 배우고 습득해야 하는 공부와 학업성적, 의식주 마련과 생존을 위해 힘들고 어려운 일을 참고 이겨내야 하는 직업병, 소음·공해 등으로 인한 각종 스트레스, 가정 또는 사회생활에서 맺어진 인간관계로 나타나는 갈등, 기타 여러 가지 질병 등으로 얻어지는 불안감과 공포증을 해소해 나갈 수 있다. 따라서 평범하고 소박한 보통 사람들이 즐겁고 행복한 인생을 이끌어 나가기 위해서는 몇 가지 취미를 가지고 생활해야한다.

현대인들의 취미생활은 사치가 아니라 삶의 중요한 일부분이 되었고, 이에 대한 인식은 자신의 건강과 의미 있는 보람된 행복한 삶을 누리기 위해 취미활동을 필수적으로 가져야 하는 것으로 바뀌고 있다. 취미를 가진 사람들은 무슨 일을 하든 목표 성취에 대한 자신감이 있고, 인생을 즐겁게 도전하며 일상생활에 활력을 불어넣어 주는 낙천적 성향이 강하다. 또한 이들은 남을 배려하는 마음, 협동심과 사교성도 좋아 취미가 없는 사람들보다 일상 속에서 행복감을 더 많이 느낀다, 이외에도 취업준비생들이 자기소개서에 적어놓은 특이한 취미생활은 면접시험을 받을 때 면접관의 흥미를 이끌어내 좋은 결과를 얻기도 한다.

그래서 최근에는 인터넷, 문화관, 백화점, 마트, 복지관, 교육센터 등에서 소비자와 시민들에게 도움이 되는 다양한 취미생활 프로그램을 경쟁적으로 개발하여 고객을 유치하는 데 많은 공을 들이고 있다. 우리가 어떤 것을 알게 되면 반드시 좋아하게 되고, 좋아하게 되면 반드시 찾게 된다는 것(知之必好之 好之必求之)을 적절히 잘 활용하고 있는 것이다. 대부분 보통 사람들은 퇴근 후 또는 여가시간을 활용해 취미와 문화 활동을 같이하며 쇼핑을 즐기는 것이다. 예를 들어 캘리그라피, 분예, 사진 및 테마, 서예, 웰빙댄스, 스트링아트, 홈 가드닝, 맥주 만들기, 요리하기, 종이접기, 자수, 디제잉, 보드게임, 실내 클라이밍, 실내서핑, 마술, 드론, 가죽공예, 레고, 다도 등이다.

* 지지필호지 호지필구지 (예서, 대나무) *

직장 근무조건이 주 52시간(법정 40시간+연장근로 12시간) 근무제로 시행됨에 따라 대부분의 사람들은 주말 또는 퇴근 시간 이후 여유시간이 많아졌다. 따라서 이들은 과거와 같이 경제적 어려움을 극복해서 먼 미래를 기약하는 재정적·물질적인 만족보다 정신적·정서적으로 안정된 평범하고 소박한 생활에 만족을 느낄 수 있는 취미를 선호하는 경향이 나타나고 있는 것이다. 즉 이들은 자신이 원하는 취미활동을 통해 현재의 삶을 즐기면서 삶의 균형을 잡고, 자아를 발견해 나가는 데 적합한 취미생활을 적극적으로 찾아 나서고 있는 것이다.

엠브레인 트렌드 모니터에서 2017년 6월에 성인남녀 1,000명을 대상으로 취미생활에 대한 설문조사를 실시한 결과, 바쁘지만 나를 위해 좀 더 투자하고 싶다는 의견이 87.9%, 내 삶을 즐기며 살고 싶다는 의견이 85.3%, 어느 때보다 나 자신이 중요하다고 생각한다는 의견이 82.7%로 나타났다. 또한 취미활동을 전문적으로 배우고 싶은 의향이 74.2%로 나타나고, 좀 더 높은 연봉을 포기하더라도 나만의 시간을 가지고 싶다는 의견도 58.6%를 차지하고 있다. 설문응답자들이 원하는 취미활동으로는 악기, 요리, 요가, 필라테스, 스키·스킨스쿠버 등 계절 스포츠, 축구·배드민턴·탁구·자전거타기 등 생활스포츠, 그림그리기, 재봉, 맛집 탐방, 사진찍기 등이 많았다. 이 조사결과를 종합해 보면 먼 미래의 삶보다 현재의 삶을 더욱더 중요하게 느낀다는 것이다. 그래서 지금은 힘들고 바쁘지만 자기계발을 위해 투자하거나 취미활동에 필요한 돈과 시간을 소비하는 것에 아깝게 생각하지 않는 경향이 뚜렷하게 나타난 것이다.

인간은 아무리 돈과 시간이 많다고, 권력과 재능이 있다고 남들이 좋아하는 다양한 취미를 모두 즐길 수 없다. 그러므로 보통 사람들은 육체적·물질적으로 즐길 수 있는 한정된 자원 내에서 자신의 주변 여건에 맞는 취미를 잘 선택하고, 이것을 잘 활용해야 즐겁고 행복한 삶을 평생 유지하며 살아갈 수 있는 것이다. 기본적으로 자신의 위치와 수준에 맞는 취미생활을 잘 선택하기 위해서는 ① 열정, ② 여유시간, ③ 건강관리, ④ 재원확보, ⑤ 가족 구성원의 지지, ⑥ 친구와 공간 확보 등을 해야 청소년 시절부터 즐기던 취미를 노후까지 지속적으로 평생 즐길 수 있는 것이다.

① 열정

자신이 선택한 취미에 대한 열정이 있어야 한다. 우리는 자신의 좋아하는 취미로 인해 흘리는 땀과 고통도 참아내고 밤을 지새워도 즐겁게 이겨낼 수 있는 정신력과 인내력이 필요하다. 즉 취미에 대한 열정은 학교·가정·직장에서 필요한 전문지식, 정보와 자료를 수집하는데 노력하는 열정만큼 취미에 필요한 것들을 탐구하고 공부하는 자세를 가져야 한다.

② 여유시간

여유시간이나 휴식시간을 의도적으로 만들어야 한다. 보통 사람들은 학업에 열중하거나 가사 또는 직장 일에 집중하다 보면 놀 시간이 없다고 늘 하소연한다. 취미는 힘들고 고통스러운 일상생활을 벗어나 공부, 가사와 일로 쌓인 스트레스를 해소해 줌으로써 더 많은 창의적인 생각과 아이디어를 생산하는 데 많은 도움을 준다. 따라서 보통 사람들은 바쁠수록 여유를 갖고 별도의 휴식시간을 마련할 줄 아는 지혜를 평상시 배워 나가야 한다. 취미생활은 자신의 일과 삶의 균형을 맞춰 주는 '워라벨(Work and Life Balance)' 또는 작지만 확실한 행복한 '소확행'을 만드는 데도 중요한 역할을 한다. 또한 이것은 자신의 존재가치와 자신만의 시간을 찾을 수 있는 계기를 마련해 주기 때문에 매우 중요한 것이다. 다만 이들은 취미생활에 너무 깊이 빠져 노는 시간을 많이 보냄으로써 자신과 가정을 제대로 돌보지 못하고, 주변 사람들로부터 자신이 좋아하는 것만 즐긴다는 이기적인 사람으로 낙인이 찍히거나 오해를 불러일으키는 행동은 자제해야 한다.

③ 건강관리

어떤 취미활동을 하든 건강관리가 우선이다. 우리는 지금보다 더 나은 즐겁고 행복한 삶을 추구하는데 많은 시간과 에너지를 활용하고, 남는 에너지는 자신이 좋아하는 취미생활에 사용할 수 있도록 건강관리를 잘해야 한다. 우리가 건강에 문제가 있어 움직이지 못하거나 질병으로 고통을 받고 있으면 만사가 귀찮아지고 취미활동 역시 가벼운 마음으로 편하게 할 수 없다. 즉 우리가 많은 지식, 돈, 재능, 젊음을 가지고 있어도 거동이 불편하거나 병상에 누워 있어 취미생활을 자유롭고 편하게 활동할 수 없게 된다면 아무런 소용이 없기 때문이다.

④ 재원확보

기본적인 의식주를 먼저 해결하고, 남는 여유 재원을 확보하고 있어야 한다. 보통 사람들이 의식주를 스스로 해결할 수 없을 정도로 경제적 여유가 없으면 주변 사람들의 이목 때문에 취미활동을 자유롭게 활동할 수 없게 된다. 기본적인 취미도구와 장비들을 갖추는 데 필요한 소요경비는 종목에 따라 천차만별이겠지만 적어도 초기 비용이 50만 원 이상 필요할 뿐만 아니라 수시로 관련 정보, 자료수집 및 활동에 필요한 여유재원도 마련할 수 있어야 지속해서 평생 즐길 수 있는 것이다. 그렇지 않으면 보통 사람들은 중간에 취미활동을 중단시키는 경우가 많이 생긴다. 최근에는 돈이 없거나 저렴한 가격으로도 취미활동을 할 수 있는 장소가 많이 있어 다행이다. 예를 들면 문화센터, 백화점, 대형마트, 복지관 등에서 취미와 관련된 강좌를 듣고, 정보와 자료를 무료로 입수해 활용할 수 있는 복지시설이 곳곳에 생기고 있다.

⑤ 가족 구성원의 지지

가족 구성원들의 적극적인 지지가 있어야 한다. 취미생활은 자신의 열정과 건강이 뒷받침해 주고, 필요한 여유시간과 재원이 확보되어 있으나 가족 구성원의 적극적인 지지가 없으면 오랫동안 지속할 수 없다. 보통 사람들은 대부분 가정을 가지고 한 울타리 내에서 자녀, 부모, 조부모 등 가족 구성원들과 함께 생활하는 경우가 많다. 그러므로 이들이 자신만 좋아하는 취미생활을 즐기고, 가족 구성원과 함께 어울려 활동할 수 있는 취미, 놀이문화에는 관심이 없으면 가족 어느 누구도 가정생활에 만족하지 못한다. 또한 가족 구성원들이 자신만의 취미생활을 제각각 즐기게 되면 서로 불편하고, 대화와 소통 시간이 줄어들거나 끊겨 가정불화로 이어질 여지가 많아진다. 따라서 보통 사람들은 가족과 함께 즐길 수 있는 취미생활을 찾거나, 아니면 자신이 즐기는 취미생활에 가족 구성원들이 적극적으로 지지해 줄 수 있는 환경을 조성해야 편안하고 자유롭게 취미활동을 즐길 수 있는 것이다.

⑥ 친구와 공간 확보

취미 종목에 따라 함께 즐길 수 있는 친구도 필요하고, 장비 및 자료를 보관하는 공간도 확보해야 한다. 취미활동은 좁은 공간이나 거실 등에서 혼자 가볍게 하거나 두 사람 이상 함께하는 넓은 공간이 필요한 경우 등 다양하다. 또한 취미생활은 정보를 공유하고 지루함도 덜어주면서 시너지 효과를 낼 수 있는 친구 또는 동호인들이 있어야 지속해서 활동할 수 있는 종목도 있다, 따라서 우리가 취미생활을 유지하기 위해서는 필요한 장비와 공구, 자료를 한곳에 모아두는 공간과 친구를 확보해야 자신이 원하는 시간에 자유롭게 활동할 수 있는 것이다.

취미는 종목도 다양하고 세대별 좋아하는 취향도 조금씩 다르다. 청소년 시기에는 육체적 활동이 가장 강하고 물질적 부담이 적은 종목을 선호한다. 이 시기에는 지칠 줄 모르는 체력을 가지고 있고, 혈기가 왕성하므로 다양한 취미를 가능한 한 골고루 많이 경험해 보는 것이 좋다. 예를 들면 축구, 야구, 탁구, 농구, 등산과 암벽타기, 여행, 책 읽기, 독후감 및 감상문 쓰기, 시 짓기, 그림 그리기, 노래듣기, 사색하기, 명상하기, 수집하기, 만들기, 정돈하기 등이다.

중년 시기에는 인적관계가 복잡하고, 가족의 생계유지를 위해 가사와 직장 업무를 병행해 나가야 한다. 그래서 자신만을 위한 취미활동 시간은 축소되나 선택할 수 있는 종목은 훨씬 더 폭이 넓어진다. 이 시기에는 청소년 시절에 즐겨하던 취미를 여유 시간이 허락하는 한도 내에서 꾸준히 하면서 직장 또는 사회 동호인들과 함께 어울려 친목을 도모하거나 조직 융화와 단결을 위해 단체로 즐기는 취미가 추가되는 것이다. 예를 들어 영화·뮤지컬·공연관람·박물관·역사관 방문, 등산, 낚시, 마라톤, 자전거 타기 등 다양한 문학·음악·예술·스포츠 활동 등이다,

노년 시기에는 가볍고 쉽게 활동할 수 있으며 에너지 소모가 적은 취미를 선호하게 된다. 이 시기에는 자신의 위치와 수준에 따라 육체적·재정적으로 감당해 낼 수 있고, 거주지역과 가까이

있어 편안하게 접근할 수 있는 종목을 선택한다. 여기에는 독서, 사진 찍기, 산책하기, 꽂꽂이, 악기배우기, 종이공예, 정원 가꾸기, 글쓰기, 서예, 색칠하기, TV보기, 탁구, 당구, 바둑, 골프 등 정서적으로 안정된 종목들이다.

남녀노소 어느 누구든지 자투리시간이나 휴식시간을 이용해 저렴한 재원으로 자유롭고 편안하게 즐길 수 있는 취미생활 몇 가지에 대한 기본적인 지식과 활동방법, 장점을 소개한다. 책 읽기, 수집하기, 자전거 타기, 낚시, 탁구 및 당구치기, 바둑, 산책하기, 등산, 꽃과 식물 가꾸기 등이다.

'책 읽기'는 남녀노소 누구나 언제 어디서든지 경제적 부담 없이 즐길 수 있는 취미이다. 이것은 다양한 장르의 책 속에서 전 생애에 필요한 정보를 입수해 올바르고 참다운 삶의 길을 찾아갈 수 있는 것이다. 책 속에서는 가정·직장·사회생활 중 수시로 부닥치는 문제와 고민 등을 해결할 수 있는 필요한 아이디어를 우연히 발견할 수 있다. 즉 책 읽기는 평상시 궁금했던 것이나 복잡하고 난해한 문제를 훨씬 수월하게 해결할 수 있는 지혜와 지식을 배울 기회가 생기는 것이다. 책에서 얻은 지식과 경험을

토대로 자신의 꿈과 희망을 끊임없이 수정 발전시켜 나간다며 꿈 너머 꿈을 키울 수 있는 것이다. 그러므로 생활 주변에 책을 가까이 접할 수 있는 장소는 항상 물색해 두는 것이 좋다. 자투리 시간과 여유시간에 책 읽는 것은 일상생활 속에 습관화시키는 것이 바람직한 생활양식이다. 책 읽기는 국·공립도서관, 주민센터, 서점, 지하철역, 공공기관, 백화점, 복지관, 문화관 등에서 책을 쉽게 볼 수 있는 공간과 장소가 곳곳에 널려 있어 부담 없이 무료로 자유롭게 접할 수 있는 즐거움과 행복을 가질 수 있으므로 누구에게나 적극적으로 권장할 만한 취미이다.

'수집하기'는 편하고 보편적으로 할 수 있는 취미활동이다. 우표, 장난감, 동전, 골동품, 인형, 수석 등 다양한 물질을 대상으로 자유롭게 즐길 수 있어 인기가 좋다. 특히 우표 수집하기는 각국이 기념할 만한 사건과 의미 있는 내용 등을 담아 우표로 발행하는데 이를 소장하고 싶어 하는 수집가가 전 세계에 약 1억 명 정도 된다. 이것은 관련된 판매상, 스톡북 등 용품 제조사, 서적 출판사, 동호인, 카페, 밴드, 팬클럽들이 전 세계에 조직적으로 잘 구성 운영되고 있다. 그래서 우표수집가들이 서로 정보를 주고받거나 소장한 우표를 나눠볼 수 있는 우표 박람회 및 작품 전시회 등도 각 국가에서 자주 열리고 있다. 우표 값어치는 발행 연도, 수량, 소인 여부, 잘못 인쇄된 우표 등 희소가치에 따라 수만 원에서 수십억 원까지 거래되므로 재테크 수단으로 사용되기도 한다. 예를 들면 영국령 기아나의 1센트 마젠타, 스웨덴의 트레스킬링 옐로, 미국의 인버티드 제니, 영국의 페니블랙, 대한민국의 문위우표, 이승만 초대 대통령 취임기념우표 등은 희소가치가 매우 높은 것이다.

'자전거 타기'는 생활 건강스포츠로 일반 대중에게 널리 보급된 취미활동이다. 이것은 주거지에서 가까운 학교, 직장, 슈퍼, 강변, 야산 등을 빠르고 쉽게 움직일 때 이동하는 수단으로 사용하기도 한다. 자전거 4대강 종주 길은 한강, 낙동강, 금강, 영산강 주변에 만들어져 있어 전국을 순회하면서 강변과 산천을 즐길 수 있다. 또한, 전국 지방자치단체는 앞장서서 국토종주 자전거 길을 정비하여 정겨운 시골 동네와 아름다운 산과 들을 마음껏 즐기며 달릴 수 있다. 수도권에는 한강을 중심으로 안양천, 홍제천, 중랑천, 탄천, 북한강, 남한강, 인천 아랫배길이 연결되어 있다. 자전거 마니아들은 주중·주말할 것 없이 신선한 공기를 가르며 매일 수도권 강변도로를 내 달리고 있다. 또한 자전거로 출·퇴근하는 자출족은 친환경 프로젝트 일환으로 권장해 계속 증가추세이고, 주말에는 전 국토를 순회하는 동호회들이 활성화되어 있다. 그래서 이것은 건전한 유산소 운동으로 건강과 생활 활력소를 제공해주는 전 국민의 건강 취미활동으로 각광받고 있다.

'낚시'에는 민물, 강변, 호수, 저수지, 바다낚시가 있다. 민물이나 강변 낚시는 주변에서 쉽게 구할 수 있는 대나무, 낚싯바늘, 지렁이 등을 활용해 작은 고기를 쉽게 낚으며 손맛을 느낄 수 있고, 경제적 부담도 크게 느끼지 않고 즐길 수 있다. 호수, 저수지, 바다낚시는 낚싯대, 봉돌, 루어, 릴, 찌, 낚싯바늘. 미끼, 뜰채 등 일정한 낚시채비를 갖추어야 수심이 깊은 곳에 노니는 물고기를 잡을 수 있으므로 경제적 부담이 생긴다. 이것은 종합적인 과학을 체험하는 활동으로 기온, 물의 온도, 수심, 바람의 세기, 물의 색, 수초 상태 등 자연환경을 면밀히 분석하여 물고기 종류에 따라 낚싯바늘에 미끼를 달아 오랜 시간 기다려야 원하는 고기를 잡을 수 있다. 낚시는 어쩌다 물고기가 미끼를 물어도 낚싯대에 전달하는 반응에 따라 예민한 손 감각을 잘 감지해야 한다. 물고기의 종류에 따라 찌를 천천히 물고 들어가는 순간에, 또는 몇 차례 물었다가 뱉어내기를 반복하다가 깊게 빨아 들이는 순간에 재빨리 낚아채는 순발력과 손에 전달하는 상쾌한 느낌으로 잡는 것이다. 이것은 기다림, 인내심, 사색의 시간, 집중력을 키우는데 좋은 취미이다. 즉 낚시는 호숫가 이른 아침에 피어오르는 물안개와 신선한 공기, 망망대해에서 떠오르는 태양, 끝이 보이지 않는 드넓은 수평선을 바라보며 자신을 되돌아보는 사색의 시간, 넓고 깊은 수심에서 유유히 헤엄치는 물고기가 미끼를 물때까지 기다리는 인내심, 물고기를 낚아챌 때 떨리는 손맛과 쾌감, 즐거움을 느낄 수 있는 것이다.

'탁구와 당구치기'는 비가 오거나 눈이 와도 실내에서 전천후로 남녀노소, 밤낮 가릴 것 없이 즐길 수 있는 취미생활이다. 탁구는 순간 순발력과 집중력, 유연성을 키울 수 있고, 짧은 시간에 빠른 움직임으로 땀과 불필요한 지방을 없애주는데 매우 효과적인 다이어트 실내 스포츠로 각광받는 유산소 운동이다. 특히 탁구는 몸동작이 불편한 환자 치료용으로도 활용되는데 손과 눈의 협력, 반사 신경의 발달, 뇌신경에 대한 자극 등의 개선에 많은 도움을 준다. 당구는 직사각형으로 된 당구대 위에서 큐대로 수구와 목적구를 맞춰 점수를 내는 게임으로 포켓볼, 3

구치기, 4구치기 등이 있다. 이것은 온몸을 천천히 움직이면서 수구와 목적구가 맞춰 앞으로 나가는 공의 각도를 잘 계산해야 점수를 많이 낼 수 있다. 그래서 우리가 당구 게임하는 동안 정신을 집중하다 보면 잡다한 생각을 없앨 수 있어 치매예방 활동에도 아주 좋다.

'바둑'은 옛 선인들이 가까운 친구들과 한적한 시간을 소일거리로 보내며 즐기던 게임이었다. 바둑판은 가로·세로 19개 줄로 쳐진 361개 점으로 만들어진다. 이것은 바둑판에 교대로 한 수 한 수 두면서 많은 집을 확보하는 사람이 승리하는 것이다. 바둑은 기본적으로 두 사람이 두거나 여러 사람이 두 편으로 팀을 만들어 두기도 한다. 최근에는 인터넷 또는 인공지능 알파고와 같은 것들이 나와 비대면으로 혼자서도 즐길 수 있어 많은 사람들의 관심을 받고 있다. 특히 바둑은 한 수 한 수 바둑판 놓는 방법이 거의 무한한 신(神)의 수가 있어 창의적이고 집중력을 키우는 데 매우 좋은 취미이다. 바둑 두기는 기억력과 문제해결 능력을 향상시켜 얽히고설킨 복잡한 것들을 단순하고 쉽게 순간적으로 판단 분석하는 지혜를 배울 수 있어 청소년 시절부터 전문프로기사로 공부하는 경우도 있다. 또한 이것은 좁은 공간에서 남녀노소 가리지 않고 누구든지 함께 즐길 수 있다.

'산책하기'는 가정·직장 등 때와 장소를 가리지 않고 돈 안 들이고, 가장 편하고 자유롭게 활동할 수 있다. 이것은 자신이 머무르고 있는 주변을 여유시간이나 휴식시간에 홀로, 가족 또는 동료들과 함께, 가벼운 복장으로 자유롭게 어느 누구의 구속도 받지 않고 즐길 수 있는 취미종목이다. 산책하는 장소는 한적한 오솔길이나 시골길, 동네 골목, 번화하고 휘황찬란하고 번화한 도시 한 복판, 강변, 울창한 숲과 계곡, 꽃길 등 어느 곳이든 나름대로 색다른 정취와 가슴에 와 닿는 그 무엇을 각각 달리 느낄 수 있어 적극적으로 권장하고 싶은 취미활동이다. 이것은 주변에 둘러싸인 나무와 다양한 꽃, 잡초들, 굽이굽이 흐르는 계곡 물소리와 바람소리, 숲과 나무 사이에 오가는 다양한 새와 나비, 곤충, 다람쥐 등 함께 어울려 평화로운 자연환경을 자유롭고 행복하게 만끽할 수 있다. 특히 산책하기는 산책길에 흩어져 있는 만물을 자신이 마음먹은 대로 편하게 보고 듣고 피부로 느끼며 상상의 나래를 마음껏 펼쳐볼 수 있기 때문에 매우 좋다.

'등산'은 봄, 여름, 가을, 겨울 4계절마다 울창한 나뭇잎들이 제각각 색다른 옷으로 갈아입는 자연의 오묘함, 그리고 계곡, 능선 등에 놓인 기암괴석과 천연자연물들을 자연 그대로 느낄 수 있는 취미이다. 봄에는 눈과 얼음으로 뒤덮인 모진 세월을 이겨내고 낙엽 사이를 뚫고 나온 야생 꽃망울과 진달래, 산수화, 철쭉 등을 볼 수 있어 끈질긴 식물의 생명력을 확인할 수 있다. 여름에는 시원한 바람과 맑은 공기를 마시고 계곡에 흐르는 물소리, 새소리를 들으며 벤치 또는 바위에 편하게 누워 하늘을 쳐다볼 수 있는 여유도 생긴다. 이 시기에는 무심히 하늘을 쳐다보면 나무 사이로 비치는 햇살과 정처 없이 떠도는 구름을 볼 수 있어 우리의 삶과 자연이 일맥상통하여 너와 내가 하나가 되어 가는 느낌이다. 또한 태양과 대지 사이로 솔솔 불어오는 바람 소리, 짹짹 울어대는 새소리, 계곡에 흐르는 물소리가 조화를 이뤄 교향곡과 같이 찌든 마음을 치유해 주고 편안하게 만들어줘 정감을 느낀다. 가을에는 나뭇잎들이 하나둘씩 울긋불긋하게 변신해 가는 단풍잎 모습을 볼 수 있어 자연의 변화에 감탄사를 자아내게 한다. 그리고 바위 또는 나무 위에서 밤과 도토리를 까먹는 다람쥐와 청설모를 볼 수 있다. 가끔 고라니가 계곡으로 내려와 고인 샘터에서 물 마시는 모습을 보여준다. 이것은 얼마나 귀엽고 아름다운지 우리의 넋을 잃게 만든다. 겨울에는 눈 내린 다음 날, 아이젠을 차고 산을 오르면 온 천지가 하얀 눈에 덮여 있어 장관을 이룬다. 나뭇가지에 달린 눈꽃은 오색찬란한 단풍잎과는 달리 담백하면서도 단아한 자태를 보여준다. 한라산, 지리산, 내장산, 속리산, 설악산, 치악산, 도봉산, 관악산, 불곡산 등 전국 산을 오르내릴 때 흘리는 땀방울과 정상에서 천지를 올려보고 내려다보는 통쾌함은 일상생활 속에서 쌓인 스트레스를 한방에 날려 보내고 꽉 막힌 가슴을 뻥 뚫어준다. 국내 방방곡곡에 70% 이상 둘러싸인 아름다운 우리 강산을 계절별로 즐길 수 있는 등산은 하늘이 내려준 복 중에 복인 것이다. 즉 이것은 자연의 변화와 아름다운 조화를 어느 누구의 구속과 간섭도 받지 않고 신선한 공기와 푸른 하늘, 맑은 물, 울창한 숲과 나무 등을 돈 없이도 마음껏 자유롭게 누릴 수 있는 것이기에 더욱더 그렇다.

'꽃과 식물 가꾸기'는 거주하는 집에 좁은 베란다, 거실 또는 앞마당에서 좋아하는 꽃이나 식물, 채소들을 가꾸는 재미가 있다. 이것은 조그마한 공간을 활용하여 화분에 피토니아, 트리안, 바이올렛, 수선화, 팬지, 난, 철쭉, 채송화, 장미, 국화 등의 꽃들을 심어 자연과 함께 더불어 살아가는 방법을 배우는 것이다. 정원이나 텃밭에는 상추, 알타리, 부추, 파, 배추, 무, 쑥갓, 곰취, 토마토, 고추 등 여러 가지 씨앗과 모종을 심어 아침저녁으로 수확하여 유기농 식단으로 건강관리도 할 수 있다. 이것은 가정이나 직장 생활에서 누적된 피로와 스트레스를 해소하여 정서적·정신적으로 안정을 찾아 주고, 몸과 마음을 건강하게 만들어 주는데 매우 좋은 취미이다.

우리가 취미생활을 통해 일과 삶의 균형을 맞춰나가야 하는 이유는 자신이 좋아하는 뭔가에 집중해서 즐거움과 행복을 찾고, 틀에 박힌 일상생활 속에서 반복되는 찾아오는 단조로움과 무료함을 극복할 수 있기 때문이다. 또한 취미활동은 공부, 가사와 일을 통해 발생되는 여러 가지 스트레스와 갈등을 해소할 수 있고, 그동안 자신이 모르고 지내왔던 자아를 발견할 수 있는 계기를 만들어 육체적·정신적·정서적으로 안정된 삶을 찾아가는 길잡이가 되어주기 때문이다. 많은 사례는 아니지만 청소년 때부터 하고 싶은 일을 취미로 시작한 것이 직업으로 안착되어 가족을 부양하면서 의식주를 해결할 수 있다. 이것은 가장 이상적이고 바람직한 평생 직업을 잘 선택한 것이다. 중년에 시작한 취미생활이 적성에 맞아 직업을 바꿔 본업으로 생활하며 가족 생계를 유지할 수 있다면 이 또한 우리가 바라는 평생 직업 중 하나일 것이다.

자신의 적성에 맞는 취미는 스스로 찾아 실천하는 것이 가장 좋은 생활양식이다. 취미생활은 자신의 위치에 맞게 경제적·시간적·정서적 여건을 고려해서 여유시간을 임의로 마련하여 적절한 계획을 수립 운영해야 한다. 그리고 이것을 효율적으로 활용할 수 있는 방법은 자기 스스로 창조적으로 개발해 나가야 삶의 질을 향상시키고 삶의 균형을 찾아가는 데 도움이 된다. 그렇지만 여가시간, 비용, 동호인 등의 여러 가지 조건을 감안하여 종합 분석 판단하기가 어려운 경우에는 많은 정보와 도움을 주는 어플 또는 관련 회사를 활용하는 것도 좋은 방법이다. 이것은 인터넷으로 접속하여 운동, 여가, 여행, 전문레슨, 재능 등을 공유할 수 있고, 자신이 평상시 하고 싶은 취미생활을 자유롭고 편하게 선택할 수 있는 것으로 소모임, 프립, 클래스101, ZUMO, 웬지, 플라이북, 하비인더박스, 숨고, 크몽, 탈잉, 위메프 등이 있다.

평범한 삶을 추구하는 보통 사람들의 즐겁고 행복한 삶은 인간에게 주어진 유한적인 시간을 일과 취미생활을 함께하며 균형 잡힌 삶을 어떻게 사느냐에 따라 삶의 질이 결정되어진다. 왜냐하면 인간에게 주어지는 시간은 자신의 위치와 수준, 주변 상황, 지역, 국가 등과 관계없이 누구에게나 똑같이 주어진다. 그러나 유한적인 시간을 적절히 분배하여 일과 취미생활을 균형 있게 활용하는 지혜를 갖추고 실천하는 것은 오로지 자신의 몫인 것이다. 이것은 자신의 의지에 따라 즐거움과 행복감을 느끼는 척도가 달라지기 때문이다. 그러므로 취미생활은 남이 좋아한다고, 보기 좋다고, 일상생활에 도움이 된다고 타인이 유혹하는 손짓에 넘어가지 말아야 한다. 자신의 신체적·재정적·정서적 여건에 맞게 마음껏 자유롭게 즐길 수 있는 취미생활은 자기 스스로 잘 선택하는 지혜와 방법을 열심히 공부해서 찾아야 한다.

풍요로운 삶은 가능한 많은 여가시간을 자주 만들어 자신이 하고 싶은 취미생활을 의도적으로 몰두해 보는 것이다. 특히 퇴직한 이후에는 자유 시간이 많아지므로 무슨 취미를 갖고 어떻게 하루를 소일하는 것이 자신이 원하는 즐겁고 행복한 삶에 도움이 되는지를 곰곰이 생각해 봐야 한다. 보통 사람들이 자신의 수준에 맞는 취미생활을 찾아 계획을 세우고 실천으로 옮긴다면 날마다 새로운 자신을 발견할 수 있다. 즉 이들은 새로운 경험과 감정 속에 끊임없이 도전하며 변화를 즐기는 좋은 취미활동으로 삶의 활력소를 찾을 수 있는 것이다. 취미는 재미있고 멋진 일상의 가까운 벗이 되고, 지친 삶에 재충전할 수 있는 계기를 불어넣어 주는 작은 위로가 되어 준다. 보통 사람들은 취미를 벗 삼아 힘들고 어려운 현실을 극복해 평범하고 소박한 꿈과 희망을 하나둘씩 성취해 나간다면 반드시 즐겁고 행복한 삶을 아름답게 마무리할 것이다.

* 지지자불여호지자 호지자불여락지자 (예서, 난꽃) *

VI

자연과 함께하는 즐겁고 행복한 삶이란?

⸙

자연은 끊임없이 변한다. 자연 속의 모든 생명체는 생성·성장·소멸이 반복되는 순환의 이치를 그대로 받아들여야 한다. 인간은 돈·명예·직위·지식·나이 등의 높낮이와 관계없이 지금 살아 숨 쉬고 있음에 감사하는 마음을 가지고, 그 사람의 본질과 개성을 서로 인정해주며 더불어 살아가는 것이다. 그리고 인간은 태양·달·공기·흙·강·바다·동물·식물 등 천연 자연물을 누구의 간섭도 받지 않고 편안하게 즐기며, 어느 곳이든지 자유롭게 옮겨 다니며 살 수 있는 자유를 마음껏 누려야 한다. 특히 평범하고 소박한 삶을 추구하는 보통 사람들은 밝고 열린 마음으로 평온한 가정을 지키며 자연과 함께 여유롭고 평화로운 삶을 살아가고자 노력하는 것이다. 이것이 우리가 평생 바라고 꿈꾸는 즐겁고 행복한 삶, 그 자체인 것이다.

지구에 존재하는 모든 동·식물들은 한시도 쉬지 않고 먹이사슬로 얽히고설켜 오랜 세월 동안 진화하며 새로운 모습으로 변해 왔고, 앞으로도 지속해서 또 다른 모습으로 변화를 계속해 나갈 것이다. 지구가 45억 년 전 무렵에 탄생한 이후, 인간은 약 400만 년 전부터 아프리카에서 살았던 오스트랄로피테쿠스, 호모 하빌리스 등의 원시 인류 초기 종족이 인간의 특성과 침팬지의 특성을 동시에 갖추고 정신적·육체적으로 돌연변이와 진화를 거듭하면서 유럽, 아시아, 아메리카 등 전 세계로 이동하기 시작하였다. 이 중 아시아인들은 약 45,000년 전부터 새 기술을 지닌 남중국인들과 동남 아시아인들이 혼혈하며 주변 지역으로 이동 확장하여 왔다. 그러면서 이들은 삼면이 바다로 둘러 쌓여 있고, 산과 계곡이 70%로 이루어진 아름다운 한반도까지 이어져 온 것이다. 한반도에서 처음 문명생활이 시작한 것으로 추정되는 시기는 충북 청주에서 소로리 볍씨가 발견된 약 15,000년 전으로 보고 있다. 우리나라는 기원전(B.C) 2,333년에 단군(檀君)이 역사상 최초 국가인 고조선을 만주 요령지방과 한반도 서북지방 부족을 모아 건국하였다. 이 단군신화를 기반으로 약 5,000년의 유구한 역사를 지닌 단일 민족국가로 2020년 6월 말 현재 약 5,180만 명의 인구가 남한에 살고 있다. 우리는 이런 과정을 거쳐 물질적, 기술적, 사회구조적인 발전, 자연 그대로의 원시적인 생활에 상대하여 발전해 왔고, 세련된 삶의 형태로 계속 변하고 진화하는 새로운 문명 혜택을 받으며 자연과 함께 숨쉬고 있다.

모든 인간은 더위와 추위, 비와 눈, 태풍과 해일, 홍수와 가뭄 등 굴곡이 많은 자연의 변화를 겪고, 수많은 대인관계의 갈등, 고통과 고뇌, 슬픔 등을 이겨내며 사는 것이다. 그러면서 우리는 자신의 꿈과 희망을 성취하는 과정에서 기쁨과 희열, 행복을 맛보고 느끼며 언젠가는 우주 속으로 사라진다. 이것은 정해진 기간이 따로 없다. 죽음은 꽃도 피워보지 못한 어린 나이에, 아름답고 혈기왕성한 청춘에, 노력의 결실을 하나둘씩 맺기 시작한 중후한 중년에, 고상하게 익어가는 노후에 제각기 다른 방식으로 찾아오는 것이다. 즉 죽음은 어떠한 방법으로 어떤 시기에 순간적으로 우리에게 다가올지 아무도 모른다. 이 때문에 우리는 한시도 순간순간을 가볍게 보낼 수 없으므로 생존해 있는 동안 자연이 주는 평화로움과 자유로움을 마음껏 즐기며 행복하게 보내야 한다.

자연의 변화를 몸으로 느끼고 산다는 것은 모든 만물이 스스로 생성하고 소멸한다는 자연의 순환원리를 따르며 자연스럽게 받아들이고 행동하는 것이다. 즉 공기, 흙, 물, 태양을 기본으로 성장 발전하는 인간은 모든 동·식물들이 저마다 생명력을 가지고 스스로 생성, 발전하는 모든 것, 그 자체를 보고, 듣고, 맡고, 맛보고, 느끼며 더불어 사는 것이다. 자연은 인간들에 의해 작용되거나 의존하지 않고 자기 안에서 스스로 생성·소멸하며, 일정한 질서를 보유하고 있다. 여기에는 산, 강, 바다, 식물, 동물 등의 존재 또는 그것들이 이루는 지리적·지질적 환경, 그리고 이들이 지니는 모든 현상과 원리를 가리킨다. 예를 들면 지구온난화, 온실효과, 지진, 화산 분출, 태풍, 홍수, 해일, 허리케인, 가뭄, 산사태. 사막, 폭포, 섬, 초원, 평원, 숲과 산림, 호수, 바닷가, 새, 나비, 곤충, 진드기, 호랑이, 사슴, 개, 고양이, 잉어, 고래, 미꾸라지, 벼, 보리, 밀, 콩, 옥수수 등이 있다. 즉 인간은 자연 속에 태어나 정신적·육체적으로 돌연변이와 진화를 거듭하면서 현재의 모습을 유지하고 있으므로 자연계를 벗어나 독립적으로 살아갈 수 없는 존재이다. 이에 이의를 달 수 있는 사람은 한 사람도 없다.

그렇다면 인간은 자연의 변화 속에 존재하는 모든 동·식물 중에 가장 고도의 지능을 소유하고, 가장 합리적이고 이성적인 사고를 가진 만물의 영장이라고 주장한다면 우리는 자연을 어떻게 보호·보존하고 조화롭게 활용하며 더불어 살아갈 것인가? 고민하지 않을 수 없다. 인간은 자신의 주변 자연환경 속에서 치열하게 경쟁하며 제각기 즐겁고 행복한 삶의 욕망을 가슴에 품고 저마다 각고의 노력을 아끼지 않는다. 즉 자연 속에서 기본적으로 입고 먹고 자는 생존욕구에서부터 시작하여 안전, 사랑, 존경, 자아실현 욕구를 완성할 때까지 끊임없이 생각하고, 모방하고, 배우고, 실천하며 살아가는 것이다.

전 세계 인류는 현재보다 더 나은 자연환경 속에 편리하고 편안한 삶의 질을 향상시키기 위해 과학기술을 끊임없이 발전시켜 왔고, 앞으로도 발전시켜 나갈 것이다. 이런 행위는 현재까지 잠시도 쉬지 않고 변하는 자연 속에 진보적인 활동을 계속하면서 수만 년 동안 세계 문화와 문명을 변화시켜 왔다. 이들은 인공지능 로봇, 우주선, 자율주행자동차, 빅 데이터, 사물인터넷, 차세대에너지, 첨단무기 등 많은 신제품과 상품들을 쉬지 않고 매일 만들어 낸다. 모든 인류의 꿈과 희망은 선의의 경쟁적 활동을 통해 자연을 파괴하거나 훼손하지 않고 더 편안하고 편리한 좋은 생활환경을 만들고, 동시에 즐거운 행복한 삶을 추구하는 데 도움이 되는 도구와 기기들을 만들어내는 데 있다. 결국 인간은 모든 동·식물들과 함께 자연 생태계에 의존하면서 생존·번식·이동하고, 정신적·물질적·정서적으로 끊임없이 진보해 나가는 것이다.

자연 속에 존재하는 모든 것은 자기 분수에 맞는 자리 그대로 잘 지켜야 진실로 아름다운 것이다. 인간은 옥석을 톱으로 잘라 줄로 쓸고 끌로 쪼아 숫돌로 윤택하게 갈아 구슬옥을 만들듯이(切磋琢磨) 학문, 인격, 도덕, 기예 등을 닦아 과욕을 부리지 말고 참다운 삶을 실천하며 사는 것이다. 자연은 하늘에 떠 있는 구름과 해, 드넓은 평야와 들쑥날쑥한 산, 묵묵히 자라고 있는 나무와 풀, 모든 생명체에게 보금자리를 마련해 주는 토양, 강과 바다 등이 자연 그대로 제 할 일을 하고 있으면 만사형통이다. 즉 자연 생태계의 먹이사슬로 구성된 동·식물들과 인간은 자연과 함께 우주 질서를 유지하고 제 위치와 분수를 벗어나지 않으면서 본연의 역할을 다한다면 평화롭고 아름다운 자연을 영원히 보존하며 생존할 수 있다.

* 절차탁마 (예서, 대나무와 난꽃) *

그러나 개인 또는 국가들은 천성으로 타고난 욕심과 갈망에 대한 과욕으로 본연의 위치와 분수를 지키지 못하고 올바른 인간적 가치보다 돈을 많이 벌거나 주거영역을 확장시키고 싶은 야망을 버리지 못한다. 그래서 자연을 파괴하고 훼손시키는 행위를 인정사정(人情事情)없이 무자비하게 반복하고 있다. 이로 인해 자연재해나 재앙은 때와 장소를 가리지 않고 세계 곳곳에서 일어나고 있다. 결국 우리는 언제 어떤 모습으로 삶을 마감하게 될지 모르는 미래의 암흑 속에 갇혀 살고 있어 불안한 것이다.

격언(格言)에 "너무 지나친 것은 모자란 것보다 못하다(過慾不及)"는 말이 있지 않은가? 자연이 주는 혜택은 소박한 삶에 필요한 양만큼만 취하고 나머지는 자연 생태계가 스스로 유지하고 조절하도록 보호·보존할 수 있는 환경을 조성해 줘야 한다. 이런 자연환경조성은 인간만이 중·장기적 친환경 정책과 제도를 만들어 계획적으로 실천해 나갈 수 있는 과제인 것이다. 따라서 만물의 영장인 인간은 절제된 생활로 자연 생태계를 잘 보호하고 보존해야만 인류를 지속해서 유지 발전시켜 현재보다 더 편안하고 평화로운 환경을 후손에게 물려줄 수 있는 것이다.

만약 전 세계인이 과당경쟁, 무자비한 자연개발, 최신 무기전쟁 등의 인위적인 행위와 천재지변을 유발시켜 자연 생태계를 지속해서 파괴 또는 훼손한다면 지구 온난화, 사막화, 지진, 화산폭발, 해일, 홍수, 가뭄 등 여러 큰 자연 재해와 재앙이 일어날 것이다. 그 결과로 많은 지역의 동·식물들은 멸종되고, 간신히 살아남은 종족들은 다른 안전지역으로 이동하면서 자신의 종족을 유지하기 위해 온갖 고난과 고통을 겪으며 살아가야 한다. 이것이 올바른 삶인지를 우리 모두가 심사숙고해 봐야 한다.

자연 속에 살아있는 모든 생명체들은 무엇이든 먹으며 성장해서 다양한 방법으로 종족을 번식시키고, 외부의 침입자나 수많은 질병을 막아내야 한다. 그래서 이들은 종족 유지 발전을 위해 죽음도 마다하지 않고 위험한 모험을 감수해낸다. 인간도 자연 속에서 자생하는 열매와 과일, 물고기, 토끼, 산양 등을 채취하거나 사냥하고, 땅에 씨를 뿌려 작물을 재배하거나 가축을 키워 필요한 양식을 먹으며 종족을 유지하고 번식한다. 또한 인간은 이런 행위에 필요한 도구와 연장들을 지속해서 개발하고, 토양이 비옥하고 동·식물들이 많이 성장하는 땅을 찾아 끊임없이 옮겨 다니며 생활한다. 이들은 동물처럼 좋은 지역을 지키거나 영역을 넓혀나가기 위해 침입자와 본토 원주민들과 싸우거나 경쟁하는 일 역시 멈추지 않는다.

지금도 전 세계인은 자신과 가족, 자국민의 먹거리를 더 많이 확보하고, 주거환경을 개선하여 경제대국으로 발전해 나가고자 경작지와 영토를 넓히거나 첨단제품과 신상품을 밤낮없이 만들어내는데 필요한 과학기술혁신에 골몰하고 있다. 또한 이들이 제조 생산한 제품과 상품을 수출할 수 있는 세계시장을 확보하기 위해 제각기 정치적·외교적 노력을 다하고 있는 것이다. 결국 세계시장은 하나로 묶여 산업, 무역, 서비스, 금융 거래가 글로벌화되고, 무역장벽을 없앤 자유무역체제로 변해 무한경쟁시스템으로 빠르게 변해간다. 이런 시스템에서는 초고속 컴퓨터, 첨단과학기술로 무장하고 유익한 정보와 기술을 먼저 입수하여 세계시장을 선점해 나가는 개인이나 기업, 국가가 더 많은 재원과 영토 등을 차지할 수 있는 가능성이 점점 더 높아지는 것이다.

시간이 흐를수록 세계는 빈익빈 부익부 체제로 급속히 변해 다수 소외 계층의 불평등 격차가 더욱더 심해지는 것이다. 이로 인해 각 국가는 빈부격차와 자연보호·보존 문제 등을 포함한 사회적·정치적·외교적 문제들로 제각각 심한 몸살을 앓고 있는 것이다. 인간은 과거 물물교환시대부터 현재 자유무역체제까지 자연 생태계를 보호·보존하며 자연과 함께 어느 한 곳에 오랫동안 정착하여 안전하고 평화롭게 살아남으려고 온갖 노력을 해보지만 결코 쉬운 일이 아니다. 이것은 과거에서부터 현재까지 입증되고 있는 지난 세계사의 변천 과정을 살펴보면 확인할 수 있다.

고대 인류 4대 문명 발상지인 나일강변의 이집트 문명, 중동의 티그리스강과 유프라테스강 주변의 메소포타미아 문명, 인도와 파키스탄 인더스강 유역의 인더스 문명, 중국 황하강의 황하 문명은 과도한 농경지 개발과 목축사업 확대로 토지변질, 하천흐름 변경, 토사 유출 등의 자연변화가 일어나고, 인구증가로 인해 인간이 거주하는 지역으로 부적합한 불모지 땅으로 변해갔다. 결국 이들은 모든 동·식물과 함께 먹을 것이 더 많은 초원지역으로 이동하고 영역을 넓히며 종족을 유지하고 번성시켜 온 것이다.

근대에는 인구가 점점 더 증가하고, 토지와 자연자원의 수요는 급속히 늘어남에 따라 생활영역을 이동 확대하며 자연을 파괴하고 훼손하는 일이 더 빠르게 진행되었다. 처음에는 일부 지역에 한정되었으나 시간이 흐르면서 점차 광범위한 지역으로 확산되어 동·식물은 물론이고 인간생활에도 큰 영향을 미쳐 자연생태계에 막대한 위협이 가해졌다. 그래서 고대 그리스시대부터 자연을 보호하는 주민운동은 시작되었고, 18세기 후반부터 이 운동은 산업혁명에 따른 자연파괴에 대한 반작용으로 영국, 독일, 스위스 등으로 점점 확대되어 유럽지역 전체로 자연보호운동이 퍼져 나갔다. 19세기에는 자연보호운동이 여러 국가의 국법으로 자연파괴 행위와 개발계획을 규제하기 시작하였다.

전 세계가 자연보호를 국제적으로 관심을 두기 시작한 것은 20세기 후반이다. 이 당시 국제연합(UN)은 스톡홀름에서 "하나뿐인 지구(Only one earth)"라는 슬로건을 내걸고 세계 121개국이 모여 UN인간환경회의(1972)를 개최하였다. 이 국제회의에서는 '인간환경선언'을 만장일치로 채택하였고, 자국뿐만 아니라 세계 각국이 자연보호와 환경보존에 대해 협력해 나가기로 협약한 것이다.

우리나라는 15세기 초 세종 때(1424년)의 송금사목(松禁事目)의

시행으로 자연림보호를 위한 시책이 역사 기록으로 남아 있으나, 본격적으로 조직을 갖춰 자연보호를 시작한 것은 UN인간환경회의에서 '인간환경선언'이 채택됨에 따라 1977년에 국무총리 소속으로 자연보호위원회를 설치한 시점이다. 1998년 10월에 자연보호헌장을 선포하고, 2021년 현재 환경부에서 자연환경보존, 천연기념물보호, 천연보호림 등에 관한 법률과 국내외 자연환경 및 생활환경의 보존, 환경오염방지에 관련 업무를 총괄 담당하고 있다.

최근에는 전 세계인구가 폭발적으로 증가하고 산업 발전이 가속화되어 토지와 지하자원 수요가 급속히 늘어나고 있으나 장기적인 자연보호와 보존계획 없이 무작위로 지하자원 등을 개발하여 날로 자연파괴와 훼손, 오염이 더 많이 일어나고 있는 것이다. 2020년 7월 1일 전 세계인구수는 77억9천만 명으로 연간 약 1.05%(8,100만 명) 수준으로 증가하고 있다. 세계 인구증가는 석유·석탄 등 화석연료 사용으로 인한 이산화탄소, 냉장고·에어컨에 사용되는 프레온가스, 소화기에 사용되는 할론가스, 자동차에서 배출되는 일산화탄소 등을 과도하게 방출함에 따라 오존층이 파괴되는 계기가 되었다. 시간이 흐를수록 지구 온난화는 더욱 가속되면서 극심한 가뭄, 홍수, 태풍 등의 자연재해 발생률이 높아져 평화롭고 아름다운 자연 생태계는 조금씩 변질되고 있다. 변질된 생태계는 자연계 생물체가 살아가기 부적합한 사막이나 쓸모없는 토지로 변해가게 만드는 것이다. 만약 지금과 같이 지구 온난화 현상이 지속해서 일어난다면 남반구와 북반구의 빙하가 서서히 녹아내려 향후 100년 이내에 해수면이 1m 이상 상승할 것이라는 전망도 있다. 또한 이것은 지각변동으로 지진이 발생되고 화산이 폭발하는 원인도 제공하게 되는 것이다. 또한 가정이나 산업현장에서 사용하는 각종 용수 수요는 증가하여 하천수 또는 지하수를 너도나도 계획성 없이 과도하게 개발 사용하는 것이다. 이로 인해 폐수는 하천·해양으로 유입되어 수질을 악화시키고 수중 생물을 멸살하기도 한다. 이 외에도 산업폐기물, 생활쓰레기 등은 대지를 오염시켜 자연 생태계를 더욱 심각하게 만든다.

과학자들이 밝혀낸 자료에 의하면 오염된 대지는 물이나 공기보다 원 상태로 복구 또는 치유시키는 기간이 훨씬 더 늘어나기 때문에 더욱 심각한 자연재해 문제로 대두되고 있다. 떼알 구조의 흙 1cm 두께로 만들어지는 데는 무려 수십 년에서 수백 년

이 걸리기도 한다는 것이다. 떼알 구조는 낙엽, 썩은 나뭇가지 등에 붙어있는 미생물들이 생성과 죽음을 반복하면서 분해되고 부식되어 만들어진다. 결국 해수면은 높아지고 대지 오염이 심해지면 우리가 거주하는 저지대 지역이나 많은 섬나라들은 조금씩 침하되어 사라지고, 아프리카, 아시아, 남미 지역 등 여러 지역은 식물들이 자라지 못하는 거칠고 메마른 건조한 사막 땅으로 빨리 진행된다. 이곳에 살아가고 있는 동·식물들은 번식하지 못해 자연의 질서와 조화를 깨트릴 가능성이 커지게 되는 것이다.

그럼에도 불구하고 전 세계인은 지금보다 더 편리하고 안전한 삶을 누리기 위하여 문명의 이기인 첨단 제품과 신상품을 한시도 쉬지 않고 만들어내고 있다. 또한 농·수산물과 가공식품은 대량으로 생산하여 부를 축적하면서 타인보다 좀 더 잘살아 보기 위해 온갖 노력을 아끼지 않는 것이다. 그래서 세계 각국은 남들보다 더 많이 배워 새로운 정보와 기술을 먼저 선점하는 데 혈안이 되어 있다. 이들은 자신들에게 유리한 자유무역체제를 구축해서 많은 신제품과 신상품을 세계 여러 지역으로 자유롭게 유통시켜 이익을 창출하고, 영토를 확장해 나간다. 특히 유럽, 미국 등 선진국들은 개인 또는 국가 간 무역활동에 아무런 제한을 가하지 못하게 만드는 것이다. 더불어 이들은 개발도상국의 자국민을 보호하고 장려하는 정책도 제대로 못 하게 만들려고 온갖 외교적·정치적 노력을 다하고 있는 것이다. 즉 이들은 지구 전체를 자신들에게 유리한 자유무역체제로 통합하여 국가 또는 지역 간 물품, 정보통신, 금융, 기술 등의 교역을 자유롭게 관세나 규제를 받지 않고 수·출입할 수 있는 국제제도를 만들고 있는 것이다.

이런 목적하에 20세기 들어서면서 미국, 영국, 프랑스, 중국 등 23개 나라는 제네바에서 만나 각국의 다각적인 교섭으로 수·출입 규제 등의 무역장벽을 제거하기 위해 GATT(관세 및 무역에 관한 일반협정, 1947)를 만들었다. 그러나 GATT협정은 예상외로 큰 성과를 거두지 못하자, 미국은 이것을 보완하고자 주도적으로 WTO(세계무역기구, 1995)를 탄생시켰다. 지금은 더 나아가 다자간무역협상에 국한되어 있는 WTO 단점을 보완한 FTA(자유무역협정)을 만들어 일부 국가·지역끼리만 무역장벽을 철폐하려는 노력을 지속해서 해나가고 있다. 이것 이외에도 OECD(경제협력개발기구), APEC(아시아태평양경제협력체), ASEM(아시아·유럽

정상회의) 등 지역별 국제기구들은 자유무역촉진, 무역과 투자 확대, 환경보호 등을 자유무역체제로 구축해 나가려고 노력하고 있다.

미국 주도로 추진해 온 GATT, WTO 등은 자유무역을 촉진하는 것 이외에 프레온가스, 할론가스, 이산화탄소 등을 줄이고 지구를 친환경적 생태계로 유지할 수 있도록 각국이 적극적으로 협력해 나갈 것을 추진해 왔다. 즉 자유무역체제는 지속 가능한 성장을 계속해 나갈 수 있는 친환경적인 정책과 제도, 제품과 시스템을 개발하는데 세계 각국의 과학기술인, 정치인, 환경전문인, 비정부단체인 등 모두가 관심을 두고 노력해 줄 것을 촉구하고 있는 것이다. 그럼에도 불구하고 중·장기적인 자연 생태계 보호·보존을 위한 각 국가의 노력은 경제발전 속도에 비해 투자비용이 적고 정책개발도 미진한 것이다, 왜냐하면 개발도상국가들은 자연을 보호·보존하는 것보다 경제발전을 도모해 후진국에서 중진국으로, 중진국에서 선진국으로 우선 도약하는데 전력 질주해야 하기 때문이다.

결국 국제협력기구들은 앞장서서 선진국과 개발도상 국가들간의 견해 차이를 좁히면서 친환경 생태도시 개발을 지원하고 있다. 또한 이들 국제기구들은 중·장기적 저탄소 친환경 정책과 제도를 개발하여 각 국가에 강제하거나 의무화를 추진해 나가기도 한다. 그러나 국제협력기구의 강제 또는 의무 요구사항은 각국이 성실히 이행하지 않아 자연환경이 지속해서 파괴되고 있다. 자연 생태계는 흙먼지, 황사, 미세먼지, 이산화탄소 등으로 전 세계를 뒤덮어 농작물과 초원지역이 시들고, 산림이 훼손되어 인간의 건강과 안전에 위협을 주고 있는 것이다. 앞으로 이런 현상이 지속한다면 지구의 미래는 불투명하고 불확실한 세계로 전락하게 될 것은 뻔하다.

예를 들면 세계 전 지역의 사막화는 매년 약 600만 헥타르의 땅이 사막으로 변해 날로 심각해져 가고 있다. 우수한 자본과 기술력을 가지고 있는 다국적 국제기업 또는 선진국가들은 자신들의 경제적 이익을 위해 아프리카 또는 남미의 넓은 평야와 열대 우림지역으로 진출하여 낮은 임금으로 커피, 콩, 젖소, 양 등을 대량 경작하거나 키워 세계 전 지역으로 싼값에 공급하기 위한 경쟁을 쉬지 않고 있다. 이로 인해 아마존 등 열대 우림지역은 국제시장에서 가장 높은 가격이 형성되는 콩, 커피 등의 과잉 경작지로, 또는 젖소와 양을 키우는 과잉 목축지로 사용하기 위해 무분별하게 삼림을 벌채하여 파괴되고 있다. 이런 무분별한 삼림파괴행위는 지구 온난화와 사막화를 가속화시키고 있다. 이외에도 아프리카 또는 빈민국가들의 시골 여인들은 나무를 때서 대부분 식사를 준비한다. 이들은 이때마다 필요한 상당한 양의 땔감을 날마다 작은 어린 나무와 덤불을 베고 뿌리마저 캐 버리기 때문에 삼림을 훼손하고 파괴하는 생활이 일상화되고 있다. 그래서 아프리카의 경작 가능한 건조지대 73% 정도는 사막으로 변해 가는 데 많은 영향을 주고 있는 것이다.

스위스 사회학자 장 지글러가 지은 <왜 세계의 절반은 굶주리는가?>에서는 세계 자유무역이라는 명분 아래 5초에 한 명꼴로, 하루에 1만7천여 명의 어린이가 굶주림으로 죽어가는 것을 지적하고 있다. 전 세계 사람들은 미국이 생산할 수 있는 곡물 잠재량만으로도 먹고 살 수 있고, 프랑스의 곡물생산은 유럽 전체가 먹고 살 수 있다. 그러나 다국적 국제기업들은 곡물을 대량 생산하여 곡물거래 통제 또는 가격 농간으로 전 세계적 식량 과잉의 시대 속에서도 수많은 어린이 무덤을 만들고 있다. 또한 이탈리아, 프랑스, 스페인 등지에서 과잉 생산된 채소와 과일들은 아프리카 생산된 농산물의 절반이나 3분의 1 싼 가격으로 거래한다. 그래서 굶주림에 허덕이는 사람들은 온 가족이 작열하는 태양 아래 하루 15시간씩 악착같이 일하고도 인간답게 살 수 있는 최저 생계 수준에도 못 미치는 생활고에 시달리고 있는 것이다.

더불어 몰지각한 정치인들은 무분별하게 핵무기를 개발하고 무인 정찰기·살상용 드론과 같은 첨단무기 생산에 두 눈이 혈안이 되어 국민들을 빈곤 속으로 몰아가거나 지역분쟁을 일으켜 국제질서를 혼란스럽게 만들고 있다. 또한 이들은 전쟁 등으로 생활환경과 자연 생태계를 파괴시켜 집, 토지, 산림 등을 못 쓰게 만들어 동·식물들이 거칠고 메마른 땅에서 성장할 수 없게 만든다. 이런 행위들은 자연에 많은 영향을 끼쳐 지구 온난화와 사막화에 부채질하고 있다.

결국 남반구와 동아시아, 남미 등 전 세계적으로 매년 4,000만에서 6,000만의 사람들은 기아와 관련된 성장 장애, 신체에 해로운 기생충과 전염병, 만성 영양실조로 인한 뇌 기능 저하 등의 질병들로 목숨을 잃거나 야위어가고 있는 것이다. 반면에 유럽,

미국 등 선진국 사람들은 쇠고기와 적색 육류 등의 지방을 과다 섭취해 생기는 심장질환, 뇌경색, 결장암, 유방암, 과다 체중과 비만 등을 고민한다. 그리고 이들은 비정상적으로 늘어난 체중을 줄이고 날씬해지기 위해 다이어트 운동에 많은 시간과 돈, 그리고 정력을 쏟아붓고 있다. 정말 아이러니한 현상들이다.

이에 참지 못한 일부 글로벌 비정부단체(NGO)들은 자유무역체제인 WTO 활동을 반대하기 시작했다. 자유무역체제는 지역·계층 간 불평등을 조장시키고, 환경침해를 가속화하며, 기술과 정보력이 월등히 우수한 선진국과 다국적기업의 경제적 이익에만 반영되어 빈익빈 부익부 체계가 심화된다는 이유에서 반대운동을 시작한 것이다. 가장 극한 대립현상은 1999년 11월 미국 시애틀에서 개최된 WTO 각료회의에서 시위대 5만 명이 경찰과 충돌한 '시애틀 전투'이다.

경제적으로 가장 발전된 국가들에게 유리하게 작용되는 자유무역체제는 미국, 유럽 등 많은 선진국이 선호하는 제도이다. 모든 국경이 허물어지고 전 세계가 하나의 시장으로 통합하게 된다면 세계시장은 무한경쟁시스템으로 돌입하지 않을 수 없게 된다. 결국 자본력과 기술력이 월등히 우수한 선진국 또는 다국적 기업들은 개발도상국들에게 구조적으로 취약하고 허약한 기술, 정보, 금융, 교육 분야 등을 하나둘씩 점령해 정치·경제력으로 영향을 미칠 수 있게 되는 것이다. 무역으로 인해 발생되는 이익은 정보력과 기술력이 우수한 국가 또는 다국적 국제기업으로 몰려 빈익빈 부익부 체계가 더욱더 고착화될 가능성이 높아지는 것은 당연한 사실이다. 즉 자유무역체제는 개인, 기업, 국가 등 전 세계인의 20%가 보다 더 많은 혜택을 받는 대신 80%의 다수는 소외되거나 빈곤 생활을 탈출할 수 있는 기회를 더욱더 적어지게 만든다. 이 체제는 개인 또는 국가 간 분쟁과 갈등을 지속해서 유발시킬 수밖에 없는 단점이 있다.

반면에 자유무역체제의 장점은 선진국 또는 상대국보다 지하자원, 인적 자원 등 비교 우위를 가진 영역을 잘 개발하여 일자리를 효율적으로 창출해 낸다면 빈곤한 생활을 면하고, 선진 문화를 즐기면서 후진국에서 중진국으로. 선진국으로 발돋움할 기회가 훨씬 많이 생긴다는 것이다. 즉, 각 국가는 제각각 우위 영역을 조금씩 가지고 있으므로 이를 창의적으로 발굴해서 자국민과 정치인이 함께 노력해 나간다면 높은 경제성장률과 기술

개발을 촉진시킬 수 있는 기회를 더 많이 만들어 나갈 수 있다. 또한 각국의 정치인과 지도자들은 시장의 적자생존 원리에 따라 부족한 면을 성취해내려는 자국민의 인간적 본능과 이기심, 욕망을 적절히 잘 자극시켜 부의 창출을 유리하게 이끌어갈 수 있는 계기를 만들 수 있는 것이다. 예를 들면 중국·인도·동남아시아·남미지역 등 개발도상국은 다국적 IT기업, 자동차, 반도체, 가전제품 공장들을 자국으로 받아들여 일자리를 창출시키고 교역량을 증가시켜 높은 경제 성장률을 달성시킬 수 있었다. 이것은 오랫동안 가난으로 찌들었던 수십억 명이 빈곤에서 벗어나게 만들어낸 성공적인 사례들이다. 특히 우리나라는 석유 및 가스, 원재료 등 지하자원이 부족한 부분들을 다른 국가들로부터 자유롭게 수입하여 반도체, 석유, 가전제품, 자동차, 철강, 선박, 컴퓨터, 무선통신기기 등을 삼성, SK, LG, 현대, POSCO, 현대중공업 등에서 가공하여 세계 여러 국가로 수출하는 응용산업을 발전시켰다. 이외에도 인터넷, 스마트폰의 보급 확산이 전 세계적으로 확대된 것을 잘 활용해 트위터, 페이스북, 카카오톡, 유튜브 등을 통해 여러 나라 사람들과 일상생활을 더욱 밀접하게 연결시키고, 세계문화와 새로운 정보기술을 실시간으로 언제 어디서든지 공유할 수 있는 정보통신기술(ICT)과 지식산업을 발전시켜 왔다. 또한 다양한 오락물과 게임, K-POP, 방탄소년단(BTS), 축구 스타(손흥민), 한류문화 등을 전 세계인과 함께 즐기고 기쁨을 나눌 수 있는 아이템을 개발하여 세계 각국으로 보급·확산시켜 반세기 만에 후진국에서 중진국수준으로 발돋움한 모범적 국가가 되었다. 우리나라 무역의존도(2018)는 국내총생산(GDP;16,932억 달러) 대비 수출(6,012억 달러; 36%), 수입(5,432억 달러; 32%)으로 약 70%에 달하고, 세계무역 규모는 중국, 미국, 독일, 네덜란드, 일본, 프랑스 다음으로 7위에 해당되어 전반적으로 자유무역체제를 선호하는 무역국가로 성장, 발전해 온 것이다.

인간은 자연의 순리에 맞춰 자연 생태계가 생성과 소멸을 반복하는 자연의 본 모습 그대로 인정하고 자연스럽게 유지할 수 있도록 내버려 두면 안 되는 것일까? 인간은 천연자연과 지하자원을 인위적으로 개발하고 창의적으로 변화시켜 자유무역시스템을 강화하고 무역을 활성화시켜야만 약속된 미래를 기대할 수 있는 것일까? 깊이 심사숙고해 봐야 한다.

아마도 지금 같이 물질 만능주의에 익숙해진 상태로 21세기를 살아가고 있는 우리들은 현재보다 더 나은 편리하고 편안한 생활을 영위해 나가겠다는 원초적인 욕구와 갈망 때문에 새로운 제품·상품·시스템과 인공위성을 통한 무인 드론 정찰·살상 첨단무기 등을 개발하여 세계시장에 수출하는 것을 멈추지 않을 것이다. 또한 세계인은 자국민의 안전 확보, 삶의 질 향상, 경제적 이익을 극대화시키기 위해 자연 생태계를 보호·보존하는 것보다 땅을 파헤치고 강줄기를 바꾸면서 산림을 훼손하거나 자연을 파괴하는 행위를 앞으로도 멈추지 않고 지속할 것이다. 이것은 지진, 해일, 홍수, 화산폭발, 산불 등이 지난 과거보다 자주 일어나 주변 동·식물들을 조금씩 사라지게 만든다. 결국 자연 생태계는 점점 더 파괴되어 멸종 위기까지 내모는 것이다. 하물며 인간은 자기들끼리 종교와 이념전쟁을 일으켜 많은 땅을 차지하고 영토를 넓히기 위해 서로 싸우며, 죽이고, 미워하고, 질투하는 행위를 반복하는 일 역시 멈추지 않고 매일 곳곳에서 일으킨다. 이와 같은 일은 지난 과거에 수없이 많이 해 왔고, 지금도 전 세계에서 하루도 쉬지 않고 일어나고 있다. 약육강식의 암흑시대는 지구가 파괴되어 사라질 때까지 동물세계와 같이 멈추지 않고 지속될 것 같아 한편으로는 두렵기도 하다.

반면에 우리가 새로운 제품·상품·시스템을 자연 친화적으로 개발하여 자연의 변화를 있는 그대로 보고, 듣고, 느끼며 살 수 있는 방법을 전 세계인이 힘을 합쳐 찾아 나선다면 보다 친환경적인 조건에서 마음껏 맑은 공기와 신선한 물을 마실 수 있을 것이다. 그러면 우리는 지속 가능한 친환경적 발전 속에 인간적 가치를 추구하며 자유롭고 평화로운 생활하는 지구를 만들어 갈 수 있을 것이다.

지구가 탄생한 이후 현재까지 지구에 존재하는 동·식물들의 진화과정을 보면 이들을 그대로 놔두면 자연스럽게 약육강식하며 종족을 번식하고 유지한다. 이들의 종족 개체수는 자연의 변화에 따라 스스로 조절하고 순환시키는 환경을 만들어 나가는 것이다. 인간은 동·식물과 같이 자연 속에 존재하는 아주 작은 결핵균 등에 의해 죽으면 육신은 벌레와 미생물의 먹이가 되고 벌레와 미생물은 개구리, 새와 물고기의 밥이 된다. 개구리와 새, 물고기는 솔개와 늑대 등의 육식동물들 먹이가 되는 것이다. 인간의 육신 일부분은 나무와 야채, 풀들의 거름이 되고 나무와 야채, 풀들은 사슴, 토끼와 같은 초식 동물들의 밥이 되어 자연계에 되돌려 주며 순환을 반복하는 것이다.

우리 인간이 해야 할 일은 자연현상에 의해 일어나는 약육강식으로 동·식물들이 공존공영하며 적절한 개체수를 스스로 맞춰 나갈 수 있도록 자연환경을 조성해 주고 보호·보존해 주는 지속 가능한 친환경 정책개발에 역점을 두는 것이다. 따라서 동·식물의 개체수는 인간이 인위적으로 간섭하거나 조정하는 것보다 자연스럽게 순환되도록 자연 생태계에 맡겨 두는 것이 바람직하다. 동·식물의 탄생과 소멸은 지속해서 자연스럽게 반복하면서 그 자연 속의 씨앗이 되어 무엇인가에 도움을 주고 다시 환생한다.

자연과 함께 더불어 즐겁고 행복하게 살아가고 싶은 보통 사람들은 매일 자신의 주변에서 일어나는 자연 현상을 가볍게 보고 그냥 넘기지 않는다. 계절별로 바뀌는 동·식물들의 변화를 유심히 관찰하고 몸으로 체험하며 자연과 함께 동화시키려고 노력한다.

따뜻한 기운이 가득한 입춘이 지나면 햇볕이 잘 드는 양지바른 곳에서 냉이, 달래, 씀바귀, 돌나물, 두릅 등을 채취하여 아침, 저녁으로 입맛을 살린다. 낙엽 사이로 화사한 얼굴을 내미는 새싹과 어여쁜 꽃망울은 주변에서 돈 없이도 무한정 즐기며 자연의 신비를 깨우친다. 남녀가 만나 어린아이를 낳는 행복과 기쁨은 자연 속의 귀엽고 예쁜 새싹이 움트는 것에서도 행복과 기쁨을 느낄 수 있는 것이다. 겨울내 얼어있던 얼음과 눈이 녹아 개울에서 흘러내리는 물소리와 산새소리는 우리 마음을 평온하고 평화롭게 만드는 것이다.

날이 갈수록 태양열이 대지를 덥히는 계절이 오면 호수와 바닷물을 하늘로 끌어 올려 천둥과 번개를 동반한 소낙비를 곳곳에 뿌려준다. 장마철에는 계곡이나 들판에 오염된 물질들을 자연스럽게 청소하고 정리해 자연 생태계의 균형을 맞춰주기도 한다. 여름에 내리는 비는 뜨겁게 더워진 대지를 식혀주면서 동·식물들이 잘 성장할 수 있는 여건을 조성해 준다.

결실의 계절이 오면 여름 내내 뜨거운 태양열과 많은 물을 흠뻑 취하고 자란 밤, 능금, 도토리, 돌배, 오미자, 산머루, 달래 등 먹음직스럽게 익은 풍성한 열매들을 무료로 제공받는다. 풍성한 농·수산물을 수확하여 먹고, 남는 잉여분은 외부활동이 불편한 겨울에 먹을 수 있도록 저장해 둔다. 아침, 저녁으로 온도

차가 커지면 나뭇잎들은 노랑, 빨간, 파란, 주황, 초록 등의 무지개색과 같이 알록달록한 천연색으로 옷을 갈아입는 단풍이 우리 눈을 호강시켜 준다. 얼마나 아름다운 자연의 현상인가? 변화무상한 자연의 현상은 권력과 재물이 없어도 주변 자연의 변화를 눈여겨 볼 수 있다. 이것은 어느 누구든지 관심을 갖고 관찰하면 마음껏 눈으로 직접 목격하고 즐길 수 있다. 그럼에도 불구하고 우리는 저마다 각기 다른 삶의 목표 달성을 위해 눈코 뜰 새 없이 이리 뛰고 저리 뛰며 바쁘게 생활하기 때문에 자연 상태, 그대로 자연스럽게 받아들이고 제때 제대로 즐기지 못하는 경우가 많아 아쉬울 따름이다.

모든 동·식물들이 극심한 추위와 눈보라를 이겨내야 하는 시기에는 봄·여름·가을을 거치면서 축적해 놓은 양식을 최소한으로 소비하면서 춥고 배고픈 계절을 잘 이겨내야 지속해서 생존해 나갈 수 있다. 곰, 뱀, 개구리 등의 동물들은 긴 동면으로 들어가 에너지 소비를 최소화시키며 생존한다, 또 다른 다람쥐, 토끼, 산양 등의 동물들은 가을에 비축해 둔 양식이나 겨울 식물들을 아껴 먹으며 생명을 유지하는 것이다. 식물들은 자신의 잎들을 모두 떨어뜨리고 앙상한 줄기와 나뭇가지, 뿌리만 남기거나 씨앗만 남겨두고 자신은 홀연히 자연의 품으로 사라진다. 곤충이나 미생물들은 나무 또는 낙엽 사이에 알을 낳거나 번데기로 변신해 자신을 보호하며 종족을 유지한다. 늘 그래왔던 것처럼 자연은 있는 그대로 보여주면서 탄생과 죽음을 반복하며 순환하는 것이다. 인간의 겨울 세계는 그동안 쌓인 피로를 풀 수 있도록 휴식을 갖는 여유도 생긴다. 우리는 이런 자연의 변화에 순응하며 동·식물과 함께 피고 지는 아름다운 모습을 만끽하며 살아 숨 쉬고 있음에 감사하는 마음을 갖고 사는 것이다. 즉 우리는 건강하고 맑은 정신으로 행복하고 평화롭게 자연과 함께 기쁨과 행복을 누리는 것이다.

인간은 태양, 물, 공기, 흙, 바람 등 자연이 주는 혜택을 마음껏 누리며, 자연의 대지를 어머니로, 삶의 안식처로 여긴다. 우리는 때때로 불어 닥치는 태풍이나 지진, 가뭄이나 홍수 등도 자연스럽게 받아들이는 지혜를 갖춰가면서 자연을 올바르게 이해하기 위해 노력하며 살아가는 것이다. 옛 성인인 예수와 부처는 권력·재물·학력·재능 등이 높고 낮음에, 많고 적음에 관계없이 모든 사람들과 동·식물에게 공평하게 사랑과 자비를 베풀 것을 주문했다. 그리고 공자와 맹자는 타인과의 관계를 원만하고 어진 마음으로 상식과 사리에 맞는 말과 행동으로 어질고 올바른 삶을 살아갈 것을 주문한 것이다. 이들이 전하는 메시지는 참다운 삶을 위해 일일신 우일신하며 자연의 순리에 따라 모든 생명체에게 사랑과 자비를 공평하게 적용하는 자세를 평생 배울 것을 주문한 것이다. 보통 사람들은 옛 성인들보다 부족한 것이 많은 사람들이지만 이들이 남긴 많은 말과 행동들 중 한 가지라도 실천으로 옮긴다는 자세로 생활하는 것이다. 즉 성인의 높은 뜻을 우러러보며 올바른 길을 쫓아가려 백방으로 노력하지만 그들만큼 많은 것을 이루지 못할 것이다. 그렇지만 우리 마음만은 그들의 올바른 길을 바라보며 아주 작은 성인이 되겠다는 자세로 각자 노력해 나간다면 우리 사회는 지속해서 성장 발전할 수 있을 것이다.

* 고산앙지 경행행지 난불능지 연심향왕지 (예서, 매화) *

소박하고 가난한 삶은 권력이나 재물에 과한 욕심을 두지 않고 자연과 함께 더불어 살아가는 것이다. 이런 삶은 일상생활 속에 자신을 성찰하고, 자발적으로 불필요한 것을 떨쳐내기도 하고, 절제하면서 물질적·정신적으로 새롭게 성장하는 길을 찾아 나서는 것이기에 평화롭고 행복한 것이다. 평범하고 자유로운 삶을 추구하는 보통 사람들은 재물, 명예, 직위 등을 성취하기 위해 과당경쟁하거나 다툼을 가지는 것보다 주어진 환경 속에서 필요한 만큼만 취하고 나머지 잉여분은 자연 속으로 되돌려 주는 것을 진심으로 만족하고 기뻐하며 살아가는 사람들인 것이다. 즉 이들은 자연의 변화에 순응하면서 평화롭고 조화로운 삶을 살아가겠다는 생각으로 말과 행동을 일치시켜 가식 없이 살려고 제각기 다양한 방법으로 노력한다.

스웨덴 작가 헬레나 노르베리 호지는 <오래된 미래, 라다크로부터 배우다>에서 히말라야 지락 해발 3,505m에 펼쳐진 인도 라다크에서 약 30여 년간 체험하며 알게 된 자연과 인간, 인간과 인간 사이의 조화 필요성을 전하고 있다. 전 세계는 경제적 합리성을 내세워 우리에게 고통과 환경문제를 안겨주고, 생존마저 위협할 수 있는 자유무역체제 확대와 글로벌경제화에서 벗어나 타인과 함께 더불어 풍요롭고 행복할 수 있는 지역경제를 복원 또는 재건하여 자연 친화적 순환체계와 행복의 기초를 복구해야 한다고 주장한다. 즉 자연 속에서 얻을 수 있는 자원은 지역특성에 맞게 잘 활용하여 의식주를 해결하고, 이웃과 가족이 함께 신뢰를 바탕으로 서로 협심 단결하여 점진적으로 발전하며 정서적으로 안정을 찾는 것이 진정한 행복이라는 것이다. 유럽과 미국과 같이 일부 특권층에게만 경제적·물질적 혜택이 돌아가는 사회구조는 빈부격차가 더욱 심화시킬 것이다. 따라서 인간은 자유무역체제 확대와 글로벌 경제화로 빈부격차를 심화시켜 사회적 갈등과 고통을 겪는 것보다 자연과 지역 특성에 어우러지게 경제개발을 할 수 있도록 이끌어 주는 것이 훨씬 인간적이고, 평화로운 행복한 삶을 영위하는 생활방식이라고 주장한다.

우리는 변화무상하고 아름다운 자연의 변화를 직접 몸으로 체험하면서 살아가는 지금 이 순간이 가장 행복하고 즐거운 시간이라는 것을 알아야 한다. 특히 우리는 지위고하를 막론하고 푸르고 울창한 산림으로 둘러싸인 자연 속에서 맑은 공기를 마시며 숨 쉬고 있는 이 자체를 감사해야 한다. 그리고 우리 주변 가까이에서 일어나는 자연의 변화를 매일 밥 먹듯이 한순간도 놓치지 않도록 노력해야 한다. 인간은 자연에서 하나의 생명체로 태어나 죽을 때까지 자연과 함께 수시로 변하고 공생하며 살아가는 것이 자연스러운 현상이라는 것을 얼마나 빨리 인식하느냐에 따라 삶을 대하는 자세가 달라진다. 즉 삶의 참맛과 진리를 알아가는 좋은 교육장은 멀리 있는 것이 아니라 우리 주변 가까운 일상생활과 주변 환경 속에 일어나는 소소한 자연 생태계의 변화를 통해 삶과 죽음에 대한 많은 것을 배울 수 있는 것이다.

우리는 주변에 있는 텃밭 또는 정원, 야산 등에 씨앗을 뿌리면 물과 태양의 에너지를 먹으며 흙을 뚫고 새싹이 나오는 과정을 통해 생물체 탄생의 아름다움을 배운다. 산길을 따라 산책하다가 오솔길에 떨어진 도토리 하나를 주워 길쭉한 모양을 이리 보고 저리 보고 손가락으로도 만져보기도 한다. 하지만 외형상 작고 볼품없는 모양, 빛깔, 무게와 크기, 단단함을 가지고 있는 도토리 한 알이 낙엽 또는 흙 속에서 여러 날 묻혀 엄동설한을 이겨내고, 따듯한 봄날에 낙엽을 비집고 나오는 새싹을 보면서 무한한 자연의 신비에 감탄할 수 있는 사람은 별로 없다는 것이다. 이 귀엽고 여린 새싹은 주변 온도와 습도, 태양과 물, 토양의 양분 등을 취하며 그에게 주어진 모든 기회를 놓치지 않고 잘 이용하며 성장해 나간다. 때가 되면 이것은 상수리나무로 무르익어 그 자신의 본질을, 자신의 가치를 자연스럽게 나타내는 것이다. 상수리나무가 어느 정도 자라 자신의 역할을 다하고 나면 자연의 흙으로 돌아가 미생물의 먹이가 되는 과정을 거친다. 그래서 우리는 자연 속의 보잘것없는 도토리 한 알에서 탄생·성장·쇠퇴하는 과정을 관심 두고 유심히 관찰하게 되면 자연의 생명체와 같이 우리 몸속에도 변화하는 씨앗이 있다는 것을 알게 된다. 따라서 인간은 우리 내면의 씨앗 속에 숨어있는 수많은 잠재력을 제대로 발휘할 수 있도록 스스로 잘 가꿔 나가야 한다. 그러면 우리는 돈, 직위, 명예와 관계없이 누구든지 산과 들, 강과 바다, 태양과 달, 흙, 공기, 바람 등을 마음껏 취할 수 있고, 이것을 방해하는 사람이 어느 곳이든 없다는 것을 수시로 느끼면서 편안하게 자연을 즐기는 여유를 가질 수 있는 것이다. 이런 것을 무상으로 취할 수 있는 자연은 우리 주변 아주 가까운 곳이나 일상생활 속 어느 곳이든 숨어 있다는 것이다.

자연과 함께 평범하고 소박한 삶을 살면서 즐겁고 행복한 삶을 추구하는 보통 사람들은 누구일까? 대부분 많은 사람들은 자신이 평범하게 소박한 삶을 추구하고 있다고 생각하고, 말하고 행동한다. 이들 중에는 대중의 인기를 얻어 이삼십 년간 스포트라이트를 받으며 살아온 정치인, 학자, 공직자, 영화배우, 연예인, 스포츠맨, 예술가, 기업가뿐만 아니라 평상시 편안하고 행복한 가정을 구성하여 부모와 자녀 등 가족 구성원들끼리 평범하게 살아온 모든 사람들을 뜻한다. 이들은 현재 생활에 만족함을 느끼며 즐겁고 행복한 삶을 자연과 함께 더불어 살아간다. 즉 이들의 삶, 그 자체가 평범하고 소박한 보통 사람들의 삶인 것이다. 이들은 편안한 마음으로 자신의 분수를 지켜 욕됨을 없애고 자연의 변화 이치에 순응하며 스스로 한가롭게 지낸다. 그래서 이들은 인간 세상에 살더라도 도리어 속세에서 벗어난 것과 같이 생활하는 것을 큰 덕목으로 생각하는 것이다.

* 안분신무욕 지기심자한 수거인세상 각시출인간 (예서, 난꽃) *

지구상에 가장 오래 살아 기네스북에 등재된 사람은 일본의 오카와 미사오 할머니(1898-2015)로 116년 살았고, 비공식기록으로는 중국의 한의사 리칭윈(1677-1933)으로 256년을 살았다고 한다. 인간보다 오래 사는 동·식물들도 많이 있다. 가장 오래 사는 동물로는 그린란드 상어와 조개로서 400년 이상을 살 수 있고, 해면동물로는 1,550년 이상 장수하고 있는 개체도 남극에서 서식하고 있다. 식물로는 현존하는 최고령 나무인 가시삿갓소나무로 4,847년(2014년 기준)으로 알려져 있다. 그러나 지구상에 존재하는 모든 생명체는 언젠가는 자연 속으로 사라진다는 사실을 인정하고, 인간은 생존해 있는 동안 자연을 보호·보존하는 데 돈과 시간을 아끼지 말고 지속해서 투자하여 후손에게 현재보다 더 살기 좋은 자연환경을 남겨 주고 아름다운 마무리를 할 수 있도록 노력하는 것이 전 세계인이 바라는 희망과 꿈이다.

우리는 아이들의 교육과 가족건강, 취미생활 등을 위해 많은 돈과 시간을 소비하고 있지만 정작 미래의 후손들에게 영원히 물려줄 산과 숲, 강과 바다, 흙과 공기 등 자연을 보호·보존하는 데 필요한 중·장기적인 사업에는 매우 인색할 정도로 돈과 시간을 사용한다는 데 문제가 있는 것이다. 자연을 보호·보존하는 데 필요한 경비를 정책적으로 적립해 나가는 문제는 개개인 또는 어느 한 국가만 추진해서 해결할 수 있는 문제가 아니다. 그러므로 전 세계인은 상호 협력하여 국가별로 일정 금액을 제조 생산되는 모든 제품과 상품에 부가해서 적립해 나가는 방법과 제도를 개발하고, 이를 적극적으로 실천해 나가는 데 국가·기업·단체·개인 모두가 함께 힘써야 한다.

우리 자신에게 진정으로 즐거움과 행복을 선사하는 것은 맑고 푸른 아름다운 자연이다. 맑은 공기와 깨끗하고 신선한 바람, 아름다운 산과 들, 나무와 꽃, 새와 다람쥐, 굽이굽이 흐르는 계곡물, 강, 바다로 이어지는 자연이 바로 즐거움이고 행복인 것이다. 자연 생태계를 보호하고 보존하는 것은 부자이건 가난뱅이이건, 지위가 높건 낮건, 특출한 재능이 있건 없건 관계없이 자신의 가슴만 활짝 열면 자유롭게 직접 바라볼 수 있고 교감할 수 있는 것이기 때문에 그 어느 것보다 중요한 과제이다.

결국 보통 사람들은 자연과 함께 더불어 행복하고 즐거운 삶을 영위하기 위해서 삶의 목표를 명확히 설정하고 적성에 맞는 직업과 좋은 직장을 선택하여 기본적인 의식주를 해결하는 것이다. 그리고 이들은 자녀를 낳아 후손이 자자손손 오랫동안 이어지도록 화목하고 편안한 가정을 꾸려 가정·사회·직장일 속에 삶의 균형을 찾아가는 것이다. 이들은 자신이 평상시 하고 싶은 취미생활 몇 가지를 즐기고, 가족 구성원들과 자유롭고 평화롭게 소통하면서 건강하고 행복하게 살다가 어느 순간 자연의 품으로 편안하게 돌아가는 꿈과 희망을 품고 살아가는 것이다.

인간이 다람쥐, 사슴, 사자, 새, 초원, 나무, 꽃 등 모든 동·식물들과 함께 태양, 물, 흙, 공기, 산, 강, 바다의 자연물을 마음껏 자유롭게 보고, 듣고, 느끼며 의식주를 평화롭게 해결할 수만 있다면 그곳이 바로 신선들이 사는 천국이나 다름없지 않겠는가?

천지의 모든 것에는 선과 악이 있어 이로움과 해로움이 있고, 2등 3등 꼴찌가 있어 1등이 있는 것이며, 종업원이 있어 사장이 있고, 국민이 있어 대통령, 왕이 있는 것과 같이 자연 역시 낮은 산과 계곡, 나무, 바위, 숲이 있어 높은 산이 있고, 태양·공기·물·대지가 있어 동·식물이 존재하는 것이다. 그러므로 모든 것은 네가 있어 내가 있는 것과 같이 모두가 하나가 되어 제각각 자신의 현재 위치와 수준에서 자신의 본성에 맞는 역할을 행하고, 지금이 순간 맑은 공기를 마시며 숨 쉬고 있음에 감사하는 것이다. 보통 사람들은 겉으로는 소박하고 가난한 삶을 사는 것 같지만 안으로는 화려하고 부유한 삶을 누리는 사람들이다. 이들은 온 천지가 자기 것인 양, 생각이 넓고 마음이 포근하여 항상 밝은 모습으로 즐겁고 행복하게 살아가는 것이다. 이들은 돈으로 살 수 없는 자연물과 함께 더불어 사는 것에 만족하며 평온하고 아름다운 진실한 삶을 살아가는 방법을 끊임없이 생각하고, 배우고, 개선하며 매일 새로운 모습을 갖추도록 노력하는 사람들이다. 또한 이들은 타인의 행복을 너무 탐내거나 흉내 내지 않고, 또한 비교하지 않고 자신의 길을 꿋꿋이 당당하게 걸어간다.

인간은 생명을 위협받는 질병이나 인적 관계로 인해 실망, 상실과 고통, 외로움 등으로 어렵고 힘든 상황이 닥쳤을 때, 평상시와 다른 행동을 보이며 자연의 세계를 다시 찾는다. 즉 보통 사람들은 어려움이 닥쳤을 때 평상시 가볍게 보고 생각하지도 않았던 울창한 숲과 계곡으로 둘러싸여 있는 조용한 깊은 산속 오지(奧地)를 찾아 나선다. 이들은 맑은 공기와 청결한 물을 마실 수 있는 전원마을이나 인적이 드문 산골 마을을 찾아 자연과 함께 더불어 사는 방법을 선택하기도 한다. 어떤 도시인들은 개, 고양이, 토끼, 족제비, 금붕어, 열대어, 햄스터 등의 애완동물을 키우면서 서로 부족한 면을 보완하고 사랑을 나누는 것으로 마음의 위안으로 삼고 살아가기도 한다. 그러나 우리는 어렵고 힘든 상황이 자신의 코앞에 들이닥쳤을 때 자연의 고마움을 깨우치는 것보다 평상시 돈, 명예, 직위, 나이와 관계없이 누구의 간섭을 받지 않고 얻을 수 있는 태양과 달, 공기와 바람, 산과 들, 강과 바다 등의 자연물을 있는 그대로 받아들이는 마음가짐을 훈련해두는 것이 바람직한 것이다. 그러면 우리는 갑작스럽게 어렵고 힘든 상황이 닥쳤을 때 고민할 것 없이 많은 것을 내려놓고 신선하고 깨끗한 마음으로 자연과 함께 더불어 공생공존하며 주변 자연환경을 그대로 자유롭게 취하며 평화롭게 살아가는 방법을 선택할 수 있다.

우리가 삶의 질을 향상시키고 복지사회를 구현하기 위해서는 불가피하게 자연을 개발하고 활용해야 할 때가 있을 것이다. 이때는 반드시 중·장기적인 자연보호·보존 정책이 동반하는 강제 의무 제도를 마련해서 이를 개발 사용할 수 있도록 유도해야 한다. 만약 인간이 중·장기적인 친환경 정책을 개발하지도 않고 자신들이 원하는 대로 무작위로 자연을 개발하고 인위적으로 변형시키려고 한다면 이것이 지니고 있는 고유한 본 모습을 망가

뜨리거나 훼손시킬 가능성이 매우 높아진다. 또한 좋은 중·장기 적인 친환경 정책을 마련했다손 치더라도 이를 적극적으로 실천하지 않으면 자연은 역시 훼손되고 파괴된다. 그러므로 가장 좋은 자연 생태계의 보호·보존 정책은 자연 본래의 모습, 그대로 스스로 생성하고 성장하여 자연스럽게 소멸하는 과정을 가만히 바라보고 지켜보는 것이다.

인간 역시 누군가의 삶을 평범하고 소박하게, 즐겁고 행복하게 살아가는 길을 축복해주는 것은 그 사람이 지닌 고유한 본성을 있는 그대로 인정하고 존중해 주며 올바른 방향을 제시해 주는 것으로 만족하는 것이다. 만약 우리가 어느 누구를 자신이 원하는 사람으로 인위적으로, 강제적으로 만들려고 한다면 그들의 타고난 천성과 정체성을 잃어버려 그들만의 자유로운 삶은 기대하기 어렵게 되기 때문이다. 따라서 평범하고 소박한 삶을 추구하는 보통 사람들에게 가장 즐겁고 행복한 삶을 인도해 주는 방법은 그 자신의 본성에 맞는 올바르고 참다운 길을 스스로 찾아 자연과 함께 더불어 지속 가능한 성장을 추진해 나갈 수 있도록 가만히 열린 마음으로 바라보고 어깨동무해주며 독려하고 지지해 주는 것이다.

저강위의맑은
바람과산간의밝은달이여
귀로들으니소리가되고눈으
로보니빛이되도다갖자해도
금할이없고쓰자해도다할날이
없으니이것이조물의무진장
이라.
소동파의 적벽부
2020.4 덕불고
일인 박윤수

* 소동파의 적벽부 (흘림체) *

에필로그

삶이란 이해관계가 복잡하게 얽히고설킨 다양한 형태인지라 어떤 것이 올바르고 참다운 삶이라 규정하기란 정말 어렵다. 그럼에도 불구하고 모든 사람들은 힘들고 어려운 여건을 포기하지 않고 현재보다 더 나은 삶을 위해, 다양한 꿈과 희망을 성취하기 위해 변화와 도전을 끊임없이 계속하고 있으며, 지금도 멈추지 않고 있다. 보통 사람들의 삶은 자신을 포함한 자녀, 부모, 조부모와 함께 편안하고 평온한 가정 분위기속에서 성숙한 자아를 성장시키는 것이다. 또한 좋은 집에서 맛있는 음식을 먹고 자유롭게 취미생활을 하며 즐겁고 행복한 삶을 살아가는 데 부족한 것을 하나둘씩 보완할 수 있도록 열과 성을 다하는 것이다. 이 책을 통해 자신이 원하는 다양한 꿈과 희망을 어떻게 생각하고, 모방하고, 배우고, 실천하는 것이 바람직한지 다시 한번 질문하고 답을 찾아, 재도약할 수 있는 동기부여가 마련되었으면 한다.

참고로 파트별 삽입한 사군자·한글·한자서예 작품은 저자가 퇴직한 이후, 평상시 삶의 좌우명으로 생각하고 행동한 것을 취미와 소일거리로 작성한 것이다.